历代诗词分类鉴赏之十一

图文本

谈诗·论艺

文章千古事

wenzhang qiangushi

周啸天 等 编著

凤凰出版传媒集团　凤凰出版社

图书在版编目(CIP)数据

文章千古事:谈诗·论艺/周啸天等编著. —南京:凤凰出版社,2009.9

(历代诗词分类鉴赏)

ISBN 978-7-80729-403-0

Ⅰ.文…　Ⅱ.周…　Ⅲ.古典诗歌—鉴赏—中国

Ⅳ.I207.2

中国版本图书馆 CIP 数据核字(2009)第 158228 号

书　　名	文章千古事——谈诗·论艺
编　　著	周啸天等
责任编辑	李相东
美术编辑	姜　嵩
出版发行	凤凰出版传媒集团
	凤凰出版社(原江苏古籍出版社)
	南京市中央路 165 号　邮编 210009
	发行部电话 025—83223462
集团网址	凤凰出版传媒网　http://www.ppm.cn
照　　排	南京紫藤制版印务中心
印　　刷	南京通达彩印有限公司
	南京市六合区冶山镇　邮编:211523
开　　本	718×1005 毫米　1/16
印　　张	11.5
字　　数	207 千字
版　　次	2009 年 9 月第 1 版　2009 年 9 月第 1 次印刷
标准书号	ISBN 978-7-80729-403-0
定　　价	22.00 元

(本书凡印装错误可向承印厂调换,电话:025—57572508)

卷首语

如切如磋，如琢如磨，人生之快事也。魏晋名士，谈空说有，为一时风尚。至陶渊明而一变——或“相见无杂言，但道桑麻长”，或“奇文共欣赏，疑义相与析”。以文会友，论诗谈艺，遂相沿成习。

王蒙云：呜呼，何今日喜写传统诗词之人之多也？固是生活安定，寿命延长，中华文化弘扬高唱之佳兆也。虽不乏佳篇，也时见陈词滥调、无病呻吟之作多多。——欲药其病，首当虚心，尊我传统，尚友古人。

“汝果欲学诗，工夫在诗外”——诗须写生活，写沧桑，写兴会。妙悟固然重要，语言、韵律、技巧亦不可忽也。

诗人论诗谈艺，好用诗体——老杜称“戏为”，遗山有专攻，渔洋瓯北，各擅胜场，妙语联翩，金针度人，仅就七绝一体而论，即逾万首之多。

展卷读之，每觉古人先获我心。沉浸浓郁，含英咀华，如入宝山，断不空手而归也。

撰稿人:

周啸天　丁稚鸿

(以下按姓氏笔画排名)

丁　颖　王　飞　王　涛　吴闻莺　张应中　李坤栋

李亮伟　陈　坦　罗　玲　易可情　唐　彦　殷志佳

秦岭梅　郭扬波　梅　红　董志刚　管遗瑞　滕伟明

目录

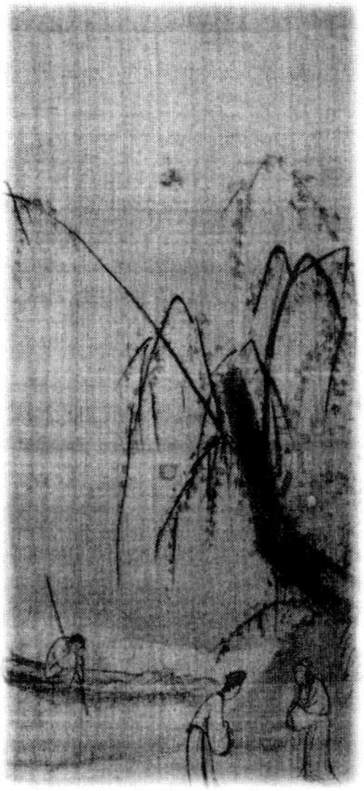

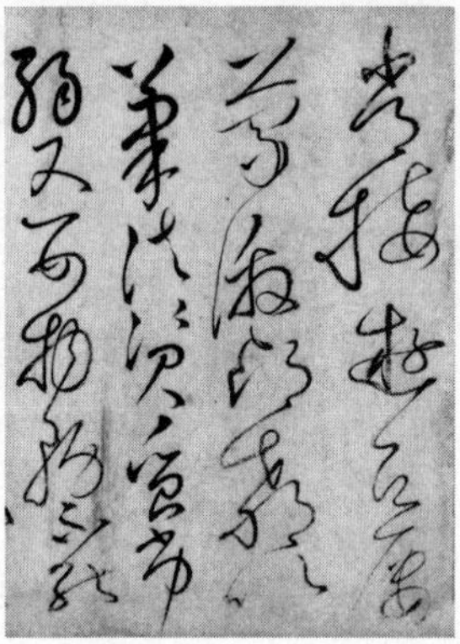

邶风·简兮

◎《诗经》

简兮简兮，方将万舞。日之方中，在前上处。

硕人俣俣(yǔ)，公庭万舞。有力如虎，执辔如组。

左手执籥(yuè)，右手秉翟(dí)。赫如渥赭，公言锡爵。

山有榛，隰有苓。云谁之思？西方美人。彼美人兮，西方之人兮。

《诗经》，我国最早的诗歌总集，本称《诗》，汉时独尊儒术，始称《诗经》。共收西周初年至春秋中叶的民歌和朝庙乐章歌辞305篇，另有笙诗6篇有目无诗。全书按音乐分风、雅、颂三类（一说分风、小雅、大雅、颂四体）。汉代传《诗》者有齐、鲁、韩、毛四家，今传《诗经》为《毛诗》。

这是一首写卫国宫廷万舞(周天子宗庙舞名)的诗，诗以女性粉丝的口吻，着重赞美那高大雄伟的男舞师。首章着重从侧面描绘：那雷动震耳的鼓声，那当顶的红彤彤的太阳，烘托出庙堂万舞即将开演的隆重、热烈的气氛，这种气氛和舞师的高大形象是十分协调的。同时，"万舞"重复两次，特别引人注意：能够领衔主演这种大规模舞蹈的，正是挺立在最前面的那位气势昂扬的舞师。

二、三章分别从武舞、文舞两个方面，正面描写舞师精湛的舞技。当他进行武舞时，他有老虎那样的力气，缰绳在他手中好像成了柔软的丝带。当他进行文舞时，左手执笛吹奏，右手挥舞雉尾，态度从容，动作灵活。舞蹈完毕，他满面红光，热气腾腾。于是卫公赐酒，倍加赞扬。

末章以"山有榛，隰有苓"各得其所起兴，隐喻舞师受到卫公的赏识。最后两句反复强调"美人""西方"，则表达了舞师心目中洋溢着对卫公的感激之情，实质上也就是对周王的称颂。

注：简：鼓声。俣俣：身体魁梧的样子。籥：古代乐器名。翟：野鸡尾。

余冠英语译如下：

雄赳赳，气昂昂，瞧他万舞要开场。太阳堂堂当头照，瞧他领队站前行。

高高个儿好身材，公堂前面舞起来。扮成力士凶如虎，一把缰绳密密排。

左手拿着管儿吹，野鸡毛在右手挥。舞罢脸儿红似染，公爷教赏酒满杯。

高高榛栗傍山崖，低田苍耳是谁栽？千番百遍将谁想，漂亮人儿西方来。那人儿可真帅呀嗨！打从西方来呀嗨！

郑风·萚兮

◎《诗经》

萚(tuò)兮萚兮，风其吹女。叔兮伯兮，倡予和女。

萚兮萚兮，风其漂女。叔兮伯兮，倡予要(yāo)女。

这是一首咏唱民间集体歌舞的诗，领唱人是女子，她以风吹叶飘起兴，领头唱起来，邀大家来和。全诗节奏明快，充满欢快的情调。

这位女子领先唱起来，她毫不忸怩作态，曼声高歌，勇敢地向小伙子们挑战，邀他们齐声和唱。短短两章，活现了青年女歌手爽朗、洒脱的形象，表现了民间青年男女集体歌舞的自由欢乐场面。

过去有人认为这首诗是情歌，但当代有些学者已经认识到并非如此。“叔兮伯兮”，明明是对许多青年男女说的，解释为“是对一个人说话”并无根据。因而，不能说是要求自己的情人和唱。为了把这首诗定为女子要求情人和唱的恋歌，一些注释就把末句断开，成为“倡，予和女”。这样断，意思就是“你领唱，我来和”。可是，这个女子已经在领唱，怎么又邀别人领唱呢？其实，“倡予和女”是“予倡女和”的倒文，即“我领唱，你来和”。这样倒文，是为了和前面句式对应以及同字同韵，也是古汉语的常用句式。我们认为，把这首诗理解为集体歌舞时一个女子的领唱邀和之词，是切合诗义的。

全诗语译如下：

枯叶啊枯叶，风吹叶儿落。弟弟啊哥哥，我唱你们和。

枯叶啊枯叶，风吹叶儿飘。弟弟啊哥哥，我唱你们应。

魏风·葛屦

◎《诗经》

纠纠葛屦，可以履霜。掺掺(xiān)女手，可以缝裳。要之襋(jí)之，好人服之。

好人提提，宛然左辟，佩其象揥(tì)。维是褊心，是以为刺。

《诗经》中有少数作品谈到作诗的目的，多数是讽(刺)，少数是颂。因为在生活中，美好的事物常常受到损害，遭不公平待遇，所以讽(刺)乃是人们对于诗歌的社会作用的主要认识。如此诗最后就表明“是以为刺”。

此诗写一个辛勤劳动的缝衣女，受到主家的虐待。首章写她在寒冷的冬天，还穿着葛屦在冰霜路上行走，概括地说明主家待她甚为刻薄。三、四两句，只写缝衣女手指纤弱，以此暗示她身体衰弱，然而却在家里承担着繁重的缝衣劳动。五句写缝衣女日夜操劳不停，她缝好衣腰，又缝好衣领，表现她异常辛苦。通过这样极为平凡的三个细节描写，便把缝衣女辛勤劳动却受到虐待的形象和盘托出。六句写衣服做好后，家中主人便马上穿在身上，以此与缝衣女的辛勤劳动，作了鲜明的对照。不难看出，在这里已经稍微透露出对所谓“好人”的不满情绪。

二章写“好人”穿上新的服装，头上戴着象牙搔首，表现出一幅舒适安详的神态。表面看来，好像很有礼貌，总是谦让在路的一旁，其实并不然。从其对缝衣女的虐待，就可以看出其虚伪性。所以，作者便直接用“维是褊心”一句，把“好人”心地褊狭、待人悭吝的真相暴露出来。

全诗语译如下：

缠绕编制葛草鞋，穿上可以踏冰霜。女子纤长细细手，可以缝出好衣裳。缝好衣腰缝好领，家中主人来穿上。

家主舒适又安详，遇人谦让在路旁，象牙搔首戴头上。只是心地太狭窄，写首诗儿刺心肠。

陈风·宛丘

◎《诗经》

子之汤兮，宛丘之上兮。洵有情兮，而无望兮。
坎其击鼓，宛丘之下。无冬无夏，值其鹭羽。
坎其击缶，宛丘之道。无冬无夏，值其鹭翿(dào)。

这是一首倾慕舞者的诗。陈国重祭祀、好歌舞，巫风盛行。“妇人尊贵，好祭祀用巫，故俗好巫鬼，击鼓于宛丘之上，婆娑于枌树之下，有太姬歌舞遗风”(《汉书·地理志》)。这种古老的文化风俗活动带有很强的娱乐性质。

此诗全用赋法，首章即言其旨，点明抒情主人公倾慕一个以歌舞降神为职业的女子。但“洵有情兮，而无望兮”，宛丘高地上的舞女可望而不可即，“有情”而“无望”，咫尺间平添出爱而不能的无限惆怅和感慨。

二、三章从对面着笔，一意描写那女子蹁跹的舞姿。她一会儿咚咚打着锣鼓，在宛丘低坡上纵情欢跳；一会儿又舞上宛丘的大道，举着瓦盆当当地敲。不管凛冽的严冬还是酷热的盛夏，她载歌载舞，从不间歇，手中扬着洁白的鹭羽，头上插着七彩舞具。乍看起来，首章出现的抒情主人公在这两章中都隐去了，作者是用一种近乎纯客观的口吻来进行叙述的，但反复体味，不难发现其中深藏的一个“爱”的影子。我们其实是跟踪着那恋爱者执意追求的目光领略宛丘舞女风采的。

从冬到夏，从低坡到大道，空间的伸张性和时间的持续性对映交融。在宛丘的低坡大道，一切空间展开的结构之中，她“无冬无夏”的舞蹈仿佛是以一种潜在的形态存在着。

程俊英语译如下：

姑娘跳舞摇又晃，在那宛丘高地上。心里实在爱慕她，可惜没有啥希望。
敲起鼓来咚咚响，跳舞宛丘低坡上。不管寒冬和炎夏，洁白鹭羽手中扬。
敲起瓦盆当当响，跳舞宛丘大路上。不管寒冬和炎夏，头戴鹭羽鸟一样。

神情诗

（晋）◎ 顾恺之

春水满四泽，夏云多奇峰。秋月扬明辉，冬岭秀孤松。

顾恺之(345?—406)，字长康，晋陵无锡（今属江苏）人。

这是一首画家的诗，就像是一组四条屏的题词，四条屏上分别画着春景、夏景、秋景和冬景。四句题词合在一起，合辙押韵，可视为一首题画诗。前人所谓绝句有“一句一绝”者，此即是。难得作者对四时的特点和精神概括得那么准确，语言那么精警。

春季，作者专写春水，而且是弥满四泽的春水，真是春天的感觉。夏季，作者专写早晚的云霞，“多奇峰”，是火烧云，真是夏云的特点。秋季，当然是月亮，因为秋季的月亮特别圆，特别亮，至少在人的感觉是如此。冬季，则是孤松，岭上的孤松，盖孔子曰：“岁寒，然后知松柏之后凋也！”(《论语·子罕》)特别强调“孤”，又赋予对象以独立的人格。

全诗一句一绝，看似各不联属，然能成篇者，以统一在“四季”的题下也。作者不题“四季”而题“神情”，即四季之神情也，神理也。

此诗亦入陶集，然渊明乃不经意人，入陶集便觉经意，当为顾作无疑。

陶渊明（365—427），一名潜，字元亮，晋宋间浔阳柴桑（今江西九江西南）人。东晋名臣陶侃曾孙，一生三仕三隐，于彭泽令任内弃官归里，隐居田园，遂不复仕。于宋文帝时卒，友人私谥曰靖节先生。有《陶渊明集》。

读山海经

（晋）◎ 陶渊明

孟夏草木长，绕屋树扶疏。众鸟欣有托，吾亦爱吾庐。既耕亦已种，时还读我书。穷巷隔深辙，颇回故人车。欢然酌春酒，摘我园中蔬。微雨从东来，好风与之俱。泛览周王传，流观山海图。俯仰终宇宙，不乐复何如！

《山海经》十八卷，多述古代海内外山川异物和神话传说，晋郭璞为之注并题图赞。渊明诗中谓之“山海图”，可见他读的就是这种有图有赞的《山海经》。诗凡十三首，此为第一，写诗人幽居耕读的生活乐趣。

前四句从良辰好景叙起，归结到得其所哉之乐。“暮春三月，江南草长，杂花生树，群莺乱飞”（丘迟），而孟夏四月，紧接暮春时序，树上杂花虽然没了，但草木却更加茂密，蔚为绿荫。“扶疏”便是树木枝叶纷披的样子，陶氏山居就笼在一片树荫之中，这是何等幽绝的环境！良禽择木以栖，“众鸟欣有托”是赋象，而联系下文“吾亦爱吾庐”，又是兴象。“欣托”二字，便是“吾亦爱吾庐”的深刻原因。“谁不想要家，可是就有人没有它”。欣托之乐，是有一个家的快乐，也是找到人生归宿的快乐，得其所哉的快乐。

“既耕”四句述说幽居耕读生活之大概。里面值得玩味的，首先是由“既已”、“时还”等勾勒字面反映的，陶渊明如何处理耕种和读书之关系，如何摆放二者之位置。他是耕种第一，读书第二。这表现了诗人淳真朴质而富于人民性的人生观。到孟夏，耕种既毕，收获尚早，正值农闲，他可以愉快地读书了。当然还不是把所有的时间用之于读书，这从“时还”二字可以体会。然而正是这样的偷闲读书，最有兴味。

陶渊明是否接待客人？答案是肯定的。他耐得寂寞，却生性乐群。“穷巷隔深辙，颇回故人车”，是信笔拈来好句，却无意留下难题，使后世注家有完全对立的两种理解。一种认为两句一意，即居于僻巷，与世人很少往来；一种认为两句各为一意，说僻巷不通大车，然而颇回（召致）故人之驾。无论从哪一说，都无伤诗意。但比较而言，后说有颜延之“林间时宴开，颇回故人车”为证，也比较符合陶渊明的实际生活情况。

如从此说，则“欢言”四句就写田园以时鲜待客，共乐清景。农村仲冬时酿酒，经春始成，称为春酒，见于《诗经》。初夏时节正好开瓮取饮。举酒属客，不可无肴，而四月正是蔬菜旺季，从地中旋摘菜蔬，是何等惬意的事，主人的一片殷勤亦洋溢笔端。“微雨从东来，好风与之俱”乃即景佳句，“好”、“微”互文，和风细雨，吹面不寒，润衣不湿，且俱能助友人对酌之兴致。雨从东来而风与之俱，适见神情萧散，兴会绝佳，安顿亦好——如放在“吾亦爱吾庐”后，则前景后事，分作两搭，觉局量狭小；如此景事相间，便见得尺幅平远，包容较大。

末四句复回到“时还读我书”，即“读山海经”的题面上来。“泛览周王传，流观山海图”虽只点到为止，却大有可以发挥的奥义。盖读书有两种完全不同的方式，一种是功利型苏秦式的苦读，一种是审美型陶潜式的乐读。渊明“少年罕人事，游好在六经”时已有“乐读”的倾向，这从“游好”二字可以会意。而在归园田居后又大有发展，读书面更为广泛。这里便不是圣经贤传，而是《山海经》、《穆天子传》，二者都属神话传说，有很强的文艺性和可读性。

毛姆说：“没有人必须为义务去读诗、小说或其他可以归入纯文学之类的各种文学作品。他只能为乐趣而读。”陶潜早就深得个中三昧。你看他不是刻苦用功，不是把读书当敲门砖，只是流观泛览，读得那样开心，读得欣然忘食——“连饭都不想吃”（贾宝玉读《西厢》语），从而有很多的审美愉悦，同时又有那样一个

自己经营的美妙的读书环境，笼罩在夏日绿荫中的庐室，清风从这里悠悠拂过，小鸟在这里营巢欢唱，当然宜于开卷，尚友古人。

陶渊明把读书安排在农余，生活上已无后顾之忧。要是终日展卷，没有体力劳动相调剂，又总会有昏昏然看满页字作蚂蚁爬的时候。而参加过劳动的感觉就是不同，这时肢体稍觉疲劳，头脑却十分好用，坐下来就是一种享受，何况手头还有一两本毫不乏味、可以消夏的好书呢？再就是读到心领神会处，是需要有个人来谈上一阵子的，而故人回车相顾，正好“奇文共欣赏，疑义相与析”呢。

“俯仰终宇宙，不乐复何如”二句是全诗的总结，它是直接地承上泛览流观奇书而来。古人所谓“宇宙”是时空双重的概念（《淮南子·齐俗》“往古来今谓之宙，四方上下谓之宇”），“俯仰”五字之妙，首先在于它道出了读《山海经》的感觉，虽然足不出户，由于专注凝神，诗人顷刻之间已随书中人物出入往古、周游世界，这是何等快乐；其次，陶渊明泛神论的人生观，认为人本来就是自然的一部分，精神上自能物我俱化、古今不分，此种境界只赖读书以导入，这是更深层的快乐。

从全诗看，这两句所包含的快乐已不限于读书，而是已推广到人生之乐。陶渊明是悟性极高的人，他读书也是阅世。读书可乐，生活亦可乐。这种人生观，是陶渊明皈依自然，并从中得到慰藉和启示，树立了一种乐观的人生态度的缘故，在传统上则是继承了孔子之徒曾点的春服浴沂的理想，在实践上则是参加劳动亲近农人的结果。这是一份值得重视的精神遗产。

今日良宴会

◎《古诗十九首》

今日良宴会，欢乐难具陈。弹筝奋逸响，新声妙入神。令德唱高言，识曲听其真。人生寄一世，奄忽若飙尘。何不策高足，先据要路津。无为守贫贱，坎坷长苦辛。

《古诗十九首》，东汉文人抒情古诗，共十九首，初见录于南朝梁昭明太子萧统《文选》。诗多反映汉末动乱时世中夫妇两地分居之苦及文人失落心态，而语言平易自然，如秀才对朋友说家常话，颇为后世称道。

此诗的主题在后六句："人生寄一世，奄忽若飙尘。何不策高足，先据要路津。无为守贫贱，坎坷长苦辛。"人生苦短，"富贵应须致身早"，莫作固穷的君子。这使人想起苏秦的感喟："人生世上，势位富贵，盍可忽乎哉？"也是摘下面具说话。

这是一首宴会听歌述怀，酒后吐真言。前四句写快乐的宴会，"难具陈"犹言妙不可言也。"逸响"谓不同寻常的飘逸的音乐，"新声"指时髦的音乐，"妙入神"即出神入化。

下四句写听歌会心。诗中歌手所唱歌词，不得其详，大概相当于为流沙河先生目为浅薄而流行的歌词如"我拿青春赌明天，你用真情换一生"、"岁月不知人间多少的忧伤，何不潇洒走一回"之类吧。

有人不信其浅薄，遂曲为之说，如姚鼎说："此似劝实讽，所谓谬悠其辞也。"朱东润注云："感愤自嘲。"其实何尝是"反语"。

"官本位"传统所来自远——"学而优则仕"，"书中自有黄金屋，书中自有千钟粟，书中自有颜如玉"。至今犹有"一等公民是公仆，全家老小都享福"的俏皮话。"官本位"社会又产生虚伪，"令德唱高言"，封建统治者也欢迎人们不慕荣利、安贫乐道。此诗让人"识曲听其真"，即干脆把窗户纸捅破，可谓不讽之讽。

弹筝诗

（梁）◎萧 纲

弹筝北窗下，夜响清音愁。张高弦易断，心伤曲不遒。

萧纲（503—551），梁简文帝，字世缵，小字六通，梁南兰陵（今江苏武进）人。梁武帝第三子。有《梁简文帝御制集》。

这是一首咏筝的诗。筝是一种弹拨的弦乐，与琴相邻。

这首诗的作者非常知音。古人开窗，多南北向，以通风也。北窗下弹筝，顺风易闻也。静夜听之，尤觉其响，而作者从筝的清音中，听出了弹筝者抒发的是一种愁情，这种愁情是通过音乐听出来的，白居易所谓“弦弦掩抑声声思，似诉平生不得意”也。

“张高弦易断”，第三句甚有理趣，使人联想到《红楼梦》一段故事：

二人别了惜春，离了蓼风轩，弯弯曲曲，走近潇湘馆，忽听得叮咚之声。妙玉道：“那里的琴声？”宝玉道：“想必是林妹妹那里抚琴呢。”妙玉道：“原来他也会这个，怎么素日不听见提起？”宝玉悉把黛玉的事述了一遍，因说：“咱们去看他。”妙玉道：“从古只有听琴，再没有看琴的。”宝玉笑道：“我原说我是个俗人。”说着，二人走至潇湘馆外，在山子石坐着静听，甚觉音调清切。……妙玉道：“这又是一拍。何忧思之深也！”宝玉道：“我虽不懂得，但听他音调，也觉得过悲了。”里头又调了一回弦。妙玉道：“君弦太高了，与无射律只怕不配呢。”里边又吟道：人生斯世兮如轻尘，天上人间兮感夙因。感夙因兮不可惙，素心如何天上月。妙玉听了，呀然失色道：“如何忽作变徵之声？音韵可裂金石矣。只是太过。”宝玉道：“太过便怎么？”妙玉道：“恐不能持久。”正议论时，听得君弦蹦的一声断了。

虽然说的是琴，却与筝是一个道理。“张高弦易断”不仅仅是说乐器，也是说人。常言道：不要把弦绷得太紧。心伤的人如果不调节心态，会对健康造成很大危害——“心伤曲不遒”，不但是知音的话，也是有生活哲理的话。

大子夜歌二首

◎ 南朝乐府

歌谣数百种，子夜最可怜。慷慨吐清音，明转出天然。

丝竹发歌响，假器扬清音。不知歌谣妙，声势出口心。

《大子夜歌》是《子夜歌》的变曲，这两首歌辞大约是当时文士写来赞颂《子夜》诸歌的。如果不将诗体局限于七言范围，可以说这两首诗才是最早的论诗绝句。所论的对象虽然直接是《子夜歌》，但六朝民歌之妙亦尽于其中。

郑振铎先生说："六朝文学的最大光荣者乃是'新乐府辞'。……'新乐府辞'确便是'儿女情多'的产物。……便是'风花雪月'的结晶。这正是六朝文学所以为'六朝文学'的最大的特色。这正是六朝文学最足以傲视建安、正始，踢倒两汉文章，且也有殊于盛唐诸诗人的所在。"(《插图本中国文学史》)而六朝新乐府中最美妙的莫过于《子夜歌》系列。

"歌曲数百种，子夜最可怜"二句，谓《子夜歌》之可爱，百里挑一。"人类情思的寄托不一端，而少年儿女们口里所发生的恋歌，却永远是最深挚的情绪的表现。……若百灵鸟的歌啭，晴天无涯，唯闻清唱，像在前，又像在后。若夜溪奔流，在深林红墙里闻之，仿佛是万马嘶鸣，又仿佛是松风在响，时似喧扰，而一引耳静听，便又清音远转。他们轻喟，轻得像金铃子的幽吟，但不是听不见。他们深叹，深重得像饿狮的夜吼，但并不足怖厉……"(同前)这大概是"慷慨吐清音，明转出天然"的最生动的注脚，是"不知歌谣妙，声势出口心"的最形象的描述。

南朝民歌是清新顽健、坦率大胆地吐露着青年男女的欢乐、忧伤、情爱的，所以它既是慷慨的，又是天然的。《大子夜歌》的妙义，就在于它的确抓住了民歌最

南朝乐府，东晋以来，长江流域商业发达，城市繁荣。南朝乐府机关采集了大量的民歌，以五言四句体为主，绝大多数是情歌，文人加工的痕迹较为明显。

本质的特色，正因为是言为心声（"声势出口心"），故明转、天然、清越、慷慨。其中"慷慨"、"天然"这两个概念，是最能概括民歌神韵的。所以元好问后来在他的《论诗》中赞美《敕勒歌》"慷慨歌谣绝不传，穹庐一曲本天然"，其语即本《大子夜歌》。可见遗山论诗绝句不只从杜甫《戏为六绝句》得到启发。

《大子夜歌》对《子夜歌》的赞美，还包含对曲调的赞美，准确地说是对声乐的赞美。本来器乐有器乐之妙，声乐有声乐之妙，皆由人掌握，皆能发抒微妙的感情。但诗作者为了赞美清唱的《子夜歌》，采取了"丝不如竹，竹不如肉"那种强此弱彼的说法，贬抑器乐说："丝竹发歌响，假器扬清音。"目的在于更高地评价声乐："不知歌谣妙，声势出口心。"而歌辞，正是声乐的有机组成部分，它和曲调，都有"声势出口心"之妙。

就这两首歌本身而言，抒发了作者的艺术直感，丝毫没有假借。其语言明白如话，措语精当，声音响亮，也有"慷慨吐清音，明转出天然"之妙，可以说是民歌体的现身说法吧。

古风·大雅久不作

（唐）◎李　白

大雅久不作，吾衰竟谁陈？王风委蔓草，战国多荆榛。龙虎相啖食，兵戈逮狂秦。正声何微茫，哀怨起骚人。扬马激颓波，开流荡无垠。废兴虽万变，宪章亦已沦。自从建安来，绮丽不足珍。圣代复元古，垂衣贵清真。群才属休明，乘运共跃鳞。文质相炳焕，众星罗秋旻。我志在删述，垂辉映千春。希圣如有立，绝笔于获麟。

李白（701—762），字太白，号青莲居士，祖籍陇西成纪（今甘肃秦安），生长于蜀。玄宗开元十二年（724）出蜀漫游，先后隐居安陆（今属湖北）与徂徕山（在今山东）。天宝元年（742）奉诏入京，供奉翰林，后赐金还山。安史乱中因从永王璘获罪，系身囹圄，一度流放。有《李翰林集》。

乔象钟先生在《李白的诗论及其艺术实践》一文中对这首诗有如下一段评述："在这首诗里，李白以诗的语言勾勒了中国诗歌的发展轮廓，并给每一阶段的诗歌以正确的评价。它的重要意义还不在于这种以诗论诗的形式是创新的，前所未有的，重要的是他的诗总结了梁、陈以来诗坛的争论，为盛唐以后诗歌的发展建立了理论基础。"诗中提到了"大雅"、"王风"、"扬马"、"建安"、"圣代"，一直从《诗经》说到"当前"。战国以来，诸侯蜂起，龙争虎斗，互相吞并，尚武非文，文学创作则如满地荆榛，像《诗经》一样真挚、淳朴的诗风，早已委之于蔓草荒烟，久已无人问津了，文坛上出现了"正声微茫"的局面。自秦，骚人则代之哀怨起；至汉，扬雄、司马相如创造了大赋，追求形式的铺陈排比，语言的绮靡华艳，在文坛上激起了一股"颓波"，并出现了一派"浩荡无垠"之势，做诗没有一定法度和准绳，如宫体之风，一直波及到唐代。

"自从建安来，绮丽不足珍"，李白在这里绝不是全盘否定建安以来的文学作品。"三曹"、"七子"曾建起一座五言诗的桥梁，陶渊明、二谢(谢灵运、谢朓)、鲍照诸人的诗,李白则予以充分肯定。尤其是对谢朓,他曾以“蓬莱文章建安骨,中间小谢又清发”(《陪侍御叔华登楼歌》)大加称颂。由此可知,李白在批评“绮丽不足珍”的“建安以来”诗风的同时,又充分肯定了初唐时陈子昂提出的“建安风骨”的论断。李白否定的只是那些一味追求形式美的浮艳诗风。

唐玄宗前期,政治、经济、文化曾盛极一时,李白则以“垂衣而治”(《周易·系辞》:“黄帝、尧、舜,垂衣裳而天下治。”实指道家的“无为而治”)来歌颂开元、天宝以来的清明“属休明”时代。当时人才辈出,如秋夜晴空万里,群星闪耀。从这几句描写中可知,李白实际上是希望群策群力,在诗坛形成一种规模、一种风气,并建立起完全属于自己时代的崭新的诗风。而李白也决心继承孔子“志在删述”的事业,为千秋万世树楷模,然后可以“绝笔”矣!

“我志在删述,垂辉映千春”,是李白继陈子昂之后再举诗歌革新大旗并付诸实践的宣言。也许读者会发现这样一个问题:李白不是一再声明“一生欲报主,百代期荣亲”(《赠张相镐二首》其一)、“宁知草间人,腰下有龙泉。浮云在一决,誓欲清幽燕”(《在水军宴赠幕府诸侍御》)吗? 李白决心效管仲、张良,作一位改天换地的政治家。“羞作济南生,九十诵古文”,他瞧不起那些“白发死章句”的儒生。然而,这里他又提出“我志在删述,垂辉映千春”。政治上的抱负和文学上的雄心,谁是“熊掌”,谁是“鱼”?按李白的一贯思想看,“报主”应是“熊掌”,而“删述”则是“鱼”。但“二者不可得兼”,既然不能“舍鱼而求熊掌”,便只好“舍熊掌而求其次”了。历史最终证明,李白不是以政治家见长,而是以一位被历史认可的伟大诗人彪炳后世。

“文章憎命达”,这是被历史不断印证了的不变定律。“我志在删述,垂辉映千春”,李白的决心是下对了的。试问:身为九五之尊的唐玄宗与身为伟大诗人的李白比,谁最能“垂辉千春”? 这应当是一个不言而喻的问题。

丑女来效颦

（唐）◎ 李　白

丑女来效颦，还家惊四邻。寿陵失本步，笑杀邯郸人。一曲斐然子，雕虫丧天真。棘刺造沐猴，三年费精神。功成无所用，楚楚且华身。大雅思文王，颂声久崩沦。安得郢中质，一挥成斧斤。

"丑女来效颦"是李白古风第三十五首。该诗是李白继陈子昂之后，决意高举诗歌革新大旗，横扫六朝颓波决心的昭示。李白对那些一味模仿前人不求变化的诗人作出了辛辣的讽刺和尖锐的批评。"东施效颦"和"邯郸学步"的典故出自《庄子》，流传颇广。李白顺手借来，以形象的比喻化作武器，比直接说理更具有讽刺性和说服力。模仿古人，是必要的，也是必然的。世界上作任何事都有一个模仿、学习的过程，但那仅仅是初级阶段的作业。一味模仿前人，步齐梁之后尘有如"东施效颦"和"邯郸学步"，愈学愈丑。模仿得再好也只是复印机的功能。创新是诗歌的灵魂，也是一切事物和一切文艺作品的生命。没有创新，文学不能发展；没有创新，世界不能前进。然而，创新必须在继承传统的基础上，离开了传统，创新便成了无源之水，无本之木。创新在李白诗中表现得十分突出。从内容上看，他不仅继承了《诗经》中"风"、"雅"之现实主义传统，而且也吸收了《离骚》及汉、魏、六朝诗歌的长处，一扫前人绮靡浮艳的流弊，开创了壮浪纵恣、言多讽兴的一代新风。对古题乐府的点化夺换，创制了一批无复依傍的即事名篇。从体裁上看，李白勇于创造新词体，如《忆秦娥》、《菩萨蛮》等。唐朝的格律诗经历了从发展到成熟的整个过程，人们普遍运用律、绝形式作诗。李白不仅是绝句圣手（他的绝句和当时有“诗家天子”之称的王昌龄齐名），而且李白最擅长者莫过于“歌行体”。他的诗，语言变化极为丰富，如三言、四言、五言、六言、七言、八言、九言、十言、十一言、十二言、十五言相杂的诗都有。这些诗，或抒情写意，或写景叙事，长短错落，缓急有致，如行云流水，生动地表现了李白豪迈不羁、飘逸自然的个性。李白坚持形式为内容服务，主张“清水出芙蓉，天然去雕饰”的创作原则。在他的全部诗中，都能体现这一创作主张。“一曲斐然子，雕虫丧天真”，追求美是诗歌能得以承传的重要一环，然而形式美、语言美必须为内容服务，过多地雕饰，就像“棘刺造沐猴”，虽装扮得“楚楚华身”，却浪费了许多精神，最终是“功成无所用”——于人无益，于世无补，失去了文学作品应有的品质和责任。

当涂赵炎少府粉图山水歌

（唐）◎李　白

峨眉高出西极天，罗浮直与南溟连。名公绎思挥彩笔，驱山走海置眼前。满堂空翠如可扫，赤城霞气苍梧烟。洞庭潇湘意渺绵，三江七泽情洄沿。惊涛汹涌向何处，孤舟一去迷归年。征帆不动亦不旋，飘如随风落天边。心摇目断兴难尽，几时可到三山巅？西峰峥嵘喷流泉，横石蹙水波潺湲。东崖合沓蔽轻雾，深林杂树空芊绵。此中冥昧失昼夜，隐几寂听无鸣蝉。长松之下列羽客，对坐不语南昌仙。南昌仙人赵夫子，妙年历落青云士。讼庭无事罗众宾，杳然如在丹青里。五色粉图安足珍？真仙可以全吾身。若待功成拂衣去，武陵桃花笑杀人。

李白题画诗不多，此篇弥足珍贵。诗通过对一幅山水壁画的传神描叙，再现了画工创造的奇迹，再现了观画者复杂的情感活动。他完全沉入画的艺术境界中去，感受深切，并通过一支惊风雨、泣鬼神的诗笔予以抒发，震荡读者心灵。

从"峨眉高出西极天"到"三江七泽情洄沿"是诗的第一段，从整体着眼，概略地描述出一幅雄伟壮观、森罗万象的巨型山水图，赞叹画家妙夺天工的本领。什么是"名公绎思"呢？"绎"，是蚕抽丝。这里的"绎思"或可相当于今日的所谓"艺术联想"。"搜尽奇峰打草稿"，艺术地再现生活，这就需要"绎思"的本领，挥动如椽巨笔，于是达到"驱山走海置眼前"的效果。这一段，对形象思维是一个绝妙的说明。峨眉的奇高，罗浮的灵秀，赤城的霞气，苍梧（九嶷）的云烟，南溟的浩瀚，潇湘洞庭的绵渺，三江七泽的纡回……几乎把天下山水之精华荟萃于一壁，这是何等壮观，何等有气魄！当然，这绝不是一个山水的大杂烩，而是经过匠心经营的山水再造。这似乎也是李白自己山水诗创作的写照和经验之谈。

这里诗人用的是"广角镜头"，展示了全幅山水的大的印象。然后，开始摇镜头、调整焦距，随着读者的眼光朝画面推进，聚于一点："惊涛汹涌向何处，孤舟一去迷归年。征帆不动亦不旋，飘如随风落天边。”这一叶“孤舟”，在整个画面中真是太渺小了，但它毕竟是人事啊，因此引起诗人无微不至的关心：在这汹涌的波涛中，你想往哪儿去呢？你何时才回来呢？这是无法回答的问题。“征帆”两句写画船极妙。画中之船本来是“不动亦不旋”的，但诗人感到它的不动不旋并非因为它是画船，而是因为它放任自由、听风浪摆布的缘故，是能动而不动的。苏东坡写画船是“孤山久与船低昂”（《李思训画长江绝岛图》），从不动见动，令人称妙；李白此处写画船则从不动见能动，别是一种妙处。以下紧接一问：这样信船放流，可几时能达到遥远的目的地——海上“三山”呢？那孤舟中坐的仿佛成了诗人自己，航行的意图就是“五岳寻仙不辞远”。而“心摇目断兴难尽”则写出诗人对画的神往和激动。这时，画与真，物与我，完全融合为一了。

镜头再次推远，读者的眼界又开阔起来：“西峰峥嵘喷流泉，横石蹙水波潺湲。东崖合沓蔽轻雾，深林杂树空芊绵。”这是对山水图景具体的描述，展示出画面的一些主要的细节。从“西峰”到“东崖”，景致多姿善变。西边，是参天奇峰夹杂着飞瀑流泉，山下石块隆起，绿水萦回，泛着涟漪，景色清峻；东边则山崖重叠，云树苍茫，气势磅礴，由于崖嶂遮蔽天日，显得比较幽深。“此中冥昧失昼夜，隐几寂听无鸣蝉”，一蝉不鸣，更显出空山的寂寥。但

诗人感到"无鸣蝉"并不因为这只是一幅画的原因。"隐几(几案)寂听",出神地写出山水如真,引人遐想的情状。这一神来之笔,写无声疑有声,与前"孤舟不动"二句异曲同工。以上是第二段,对画面作具体描述。

以下由景写到人,再写到作者的观感作结,是诗的末段。"长松之下列羽客,对坐不语南昌仙",这里简直令人连写画写实都不辨了。大约画中的松树下默坐着几个仙人,于是诗人说,那大概是西汉时成仙的南昌尉梅福吧。紧接着笔锋一掉,直指画主赵炎:"南昌仙人赵夫子,妙年历落青云士。讼庭无事罗众宾,杳然如在丹青里。"赵炎为当涂少府(县尉的别称),说他"讼庭无事",谓其在任政清刑简,有谀美主人之意,但这不关宏旨。值得注意的倒是赵炎与画中人合二而一了。沈德潜批点道:"真景如画。"这其实又是"画景如真"所产生的效果。全诗到此止,一直给人似画非画、似真非真的感觉。最后,诗人从幻境中清醒过来,重新站到画外,产生出复杂的思想感情:"五色粉图安足珍?真仙可以全吾身。若待功成拂衣去,武陵桃花笑杀人。"他感到遗憾,这毕竟是画啊,在现实中要有这样的去处就好了。有没有呢?诗人认为有,于是,他想名山寻仙去。而且要趁早,如果等到像鲁仲连、张子房那样功成身退(天知道要等到什么时候)再桃源归隐,就太晚了,不免会受到"武陵桃花"的奚落。这几句话对于李白实在反常,因为他一向推崇鲁仲连一类人物,以功成身退为最高理想。这种自我否定,实在是愤激之词。不过,这两句也可以作正面解会,即:"待到功成拂衣去,武陵桃花喜杀人。"则与李白一向的思想相吻合。诗作于长安放还之后,安史之乱以前,带有那一特定时期的思想情绪。这样从画境联系到现实,固然赋予诗歌更深一层的思想内容,同时,这种思想感受的产生,却又正显示了这幅山水画巨大的艺术感染力量,并以优美的艺术境界映照出现实的污浊,从而引起人们对理想的追求。

这首题画诗与作者的山水诗一样,表现大自然美的宏伟壮阔一面,从动的角度、从远近不同角度写来,视野开阔,气势磅礴,同时赋山水以诗人个性。其艺术手法对后来诗歌有较大影响,苏轼的《李思训画长江绝岛图》等诗,就可以看做是继承此诗某些手法而有所发展的。

草书歌行

（唐）◎ 李 白

少年上人号怀素，草书天下称独步。墨池飞出北溟鱼，笔锋杀尽中山兔。八月九月天气凉，酒徒词客满高堂。笺麻素绢排数厢，宣州石砚墨色光。吾师醉后倚绳床，须臾扫尽数千张。飘风骤雨惊飒飒，落花飞雪何茫茫。起来向壁不停手，一行数字大如斗。恍恍如闻神鬼惊，时时只见龙蛇走。左盘右蹙如惊电，状同楚汉相攻战。湖南七郡凡几家，家家屏障书题遍。王逸少，张伯英，古来几许浪得名。张颠老死不足数，我师此义不师古。古来万事贵天生，何必要公孙大娘浑脱舞。

怀素（725—785）字藏真，俗姓钱，湖南长沙人，为玄奘三藏法师门徒，幼年出家，酷爱书法。从师承关系看，怀素是学张旭的，传世墨宝有《自叙帖》等。

张旭是李白同辈，其草书与裴旻剑术、李白歌诗为盛唐三绝。而怀素比李白小二十五岁，实属晚辈后进，故诗称“少年上人（僧人）”。李白亦善草书，却放低身段，倾情赞美怀素“草书天下称独步”——若非真心佩服，何能美言如是。

“墨池飞出北溟鱼，笔锋杀尽中山兔”，前句谓怀素草书造诣之高如大鹏展翅，后句言其用力之深、用功之勤，耗笔无数——怀素将写坏的笔埋在一处，称为

“笔冢”(“中山兔”即指兔毫笔也)。这是落实而言。至于意象，两句神采飞扬，语极挥斥，颇类怀素书风。

“八月九月天气凉”以下十四句，写怀素为客挥毫时的风采，全仗酒兴，旁若无人，八面锋至，笔惊鬼神，腕走龙蛇，风驰电掣，英勇战斗——如公孙大娘剑器浑脱舞(为后文伏笔)，写书过程就是一种行为艺术，价值不仅在于作品。按怀素曾在故里广种芭蕉万株，以叶代纸供其挥洒。及长嗜酒，兴酣意畅时，不拘墙壁、衣物、器皿皆当作纸，随意书写，世称“醉僧”、“狂素”——数语尽传其神。

“湖南七郡凡几家，家家屏障书题遍”二句写怀素书法在当时之流行，通吃七郡，也可见唐人对书法艺术爱好的普遍和鉴赏水平之高——正是这样的环境造就了这样的书家。

“王逸少”以下是结尾部分，赞美怀素的青出于蓝，今胜于昔。“王逸少”指东晋王羲之，“张伯英”指东汉张芝，“张颠”则是当朝之张旭，皆行草之大家，诗人将其一齐贬低，显然是为了尊题的使气、过情之语，不可当真以为其“浪得名”、“不足数”。最后对公孙大娘剑器浑脱舞的不以为然，亦当作如是观。

按，张旭的狂草特色是笔画浑厚、线条粗犷、参以隶意、方圆兼施，而怀素的狂草风格则是笔画劲瘦、逆锋取势、“援毫掣电，随手万变”(吕总《续书评》)，“如壮士拔剑，神采动人”(《续书断》)，其可贵之处在于创新，李白对此给予了充分肯定。全诗神采飞扬，剑拔弩张，与怀素书风同致。

戏为六绝句

（唐）◎杜　甫

其　一

庾信文章老更成，凌云健笔意纵横。今人嗤点流传赋，不觉前贤畏后生。

《戏为六绝句》是杜甫于上元二年居成都时所作。题目着一“戏”字，仿佛诗人是不经意的随随便便、信手所为之作，实则是诗人站在历史发展的高端回望历史，公允、公平、全面、中肯地评价历史人物。

李唐王朝建国以后，政治、经济、文化各方面都日益繁荣。初唐的陈子昂首举革新大旗，盛唐的李白更是主张“圣代复元古，垂衣贵清真”，以“诗三百篇”为榜样，恢复“汉魏风骨”，这无疑是历史的必然。然而，有些人在反对六朝靡艳文风的同时，采取否定一切的态度，连庾信也一道否定，指责庾信为“辞赋之罪人”（令狐德棻《周书·庾信传赞》）、“亡国之音”（《隋书·文学传序》）等等。这些人没有看到，庾信早年虽为宫体，但晚年因为人生履历的变化，其《咏怀二十七首》、《哀江南赋》等一变而为苍凉悲壮、清新质实，其诗风对李白都有影响。杜甫批评“今人嗤点”，正是因此而发。

杜甫曾有“清新庾开府，俊逸鲍参军”，将庾、鲍二人之诗歌风格用来比喻李白的诗风，可见杜甫对庾、鲍二人评价之高。

《戏为六绝句》首先从庾信说起，说庾信文章老而更臻成熟，文笔劲健超迈，有凌云薄日之势。杜甫说：孔老先生认为“后生可畏”，但以庾信为例，今天有些后生却不能正确评价历史人物，不能客观、公允地站在历史的前哨去评判前贤，而是离开具体的时代环境去嗤笑前贤，仅从这一点来看，我并未觉出这些后生有什么可畏处。

这首诗四句都用说理。一开头单刀直入，首先肯定庾信诗歌的风格“凌云健笔”、“意气纵横”，接着引出孔子的话反其意而用，委婉、含蓄、曲折、巧妙地批评了那些不公允的指责，这便是老杜的高明处。

杜甫（712—770），字子美，河南巩县（今属河南）人。玄宗开元二十三年（735）举进士不第。天宝间困守长安十年，十四载（755）授河西尉不赴，改右卫率府兵曹参军。安史乱发，长安陷落，身陷贼中。至德二载（757）自贼中奔赴凤翔行在，授左拾遗。乾元元年（758）贬华州司功参军，次年弃官赴秦州，经同谷，到成都，于西郊建草堂。广德二年（764）剑南节度使严武荐为检校工部员外郎。永泰元年（765）离成都，至夔州（今四川奉节）。大历三年（768）出峡，辗转江湘，死于舟中。有《杜工部集》。

其　二

王杨卢骆当时体，轻薄为文哂未休。尔曹身与名俱灭，不废江河万古流。

杜甫在绝句题材的开拓上厥功甚伟，以绝句评论诗文就是他肇端的。后世仿效者绵绵不绝，如元好问、王士禛等俱有名篇，“论诗绝句”遂为百代不易之一体。《戏为六绝句》是杜甫论诗绝句的代表作，这一篇可称“初唐四杰论”。

盖唐代诗歌理论自陈子昂、李白提出复古主张以后，明确了诗歌发展方向，然而某些人理解片面，粗暴地全盘否定六朝文学，殃及“四杰”——即“王（勃）、杨（炯）、卢（照邻）、骆（宾王）”。四杰本来已有意识摆脱传统因袭的负担，从宫廷等无聊的题材中解放出来，将视野转向广阔的社会生活，同时在律绝歌行等诗体的发展上也有贡献。但因他们尚未全然摆脱六朝藻绘余习，有人就对他们求全责备，吹毛求疵。如《玉泉子》载：“时人之议，杨好用古人姓名，谓之点鬼簿；骆好用数对，谓之算博士。”即其一端。至于以“轻薄为文（诗）”哂之，又更甚焉。

杜甫不能同意这种对待遗产的见解和态度。“王杨卢骆当时体，轻薄为文哂未休”二句首先揭露这种时弊，而且表明了自己的反对态度。“当时体”这个创语，包含有一个极为精辟的见解，即任何作家都是“当时”历史的产物，诗风文风的形成与时代有关。正确的批评态度，是把它放到一定历史环境中去考察，看它是进步的还是落后的，而不能以今例古，苛求前人。用这种观点来看王杨卢骆尚染六朝色彩的诗文，就会发现尽管它们还留有六朝色彩，但毕竟有了新的气象，足称初唐之“当时体”，符合诗文发展的进步趋势。当然，实事求是的批判也是需要的，杜甫本人在同一组诗的“其三”中亦曾指出四杰“劣于汉魏近风骚”，对他们做了实事求是的批评。而不加分析的“哂未休”，就难说是正确的态度了。

轻诋前贤者大抵眼高手低，而杜甫所指时人眼亦未高。他们苛责前贤，又不能反求诸己。这正是刚肠嫉恶的杜甫所不能容忍的，因此后两句进而对这些人发一当头棒喝：“尔曹身与名俱灭，不废江河万古流。”史炳《杜诗琐证》解道：“言四子文体，自是当时风尚，乃嗤其轻薄者至今未休。曾不知尔曹名俱灭，而四子之文不废，如江河万古常流。”这里，杜甫对四杰赞以不朽，给予充分肯定。这正是在认清其历史功过得失的基础上作出的，所以一字千钧，力能扛鼎。

其　三

纵使卢王操翰墨，劣于汉魏近风骚。龙文虎脊皆君驭，历块过都见尔曹。

这首诗是紧承前一首。“卢王”，指“初唐四杰”。

前面谈到，六朝时期，文坛上刮起了一股靡艳浮华的风气，如果说中国文学史像一条浩荡长河，那么到了六朝时期则跌进了低谷。李唐王朝的建立，为社会的政治、经济、文化带来了新的生机。飞速变革的时代，在文坛上涌现了四位杰出的诗人——王勃、杨炯、卢照邻、骆宾王。他们突破六朝宫体诗的藩篱，走出了一条崭新的创作道路。这一功绩是不可磨灭的，应当予以充分肯定。然而当时却有人对四杰的诗嗤之以鼻，指责他们“虽有文才，而浮藻浅露”（《旧唐书·文苑传》）。杜甫则能站在历史发展的制高点来正确评价前人。在《戏为六绝句》第二首中就给予了四杰以高度的评价。

这首诗首先以王杨卢骆的诗与《诗经》、《楚辞》及汉魏之诗作比较，认为与“王风”、“楚骚”和“汉魏”之作比，四杰似乎还处于“劣势”，但是和那些“哂笑”他们的“轻薄”者流却有过之而无不及。打个比方：四杰驾御辞采、为文作诗的本领似骏马过国都，有如驰过一小块土地那样毫不费力，而那些“哂笑”开拓者的人则恰好与之相反。在这里，杜甫高度评价了“四杰”的开拓之功。可以这样说，中国文学史上“初唐四杰”的美誉，是杜甫为之作出的定评。

其　四

才力应难跨数公，凡今谁是出群雄。或看翡翠兰苕上，未掣鲸鱼碧海中。

从这一首诗中，可以见出杜甫的诗歌主张，即写什么，为什么而写。是着意于风花雪月（看“翡翠”于“兰苕”），写一些华丽的小景，还是写重大的社会题材（“掣鲸鱼”于“碧海”）？很显然，杜甫是主张后者而不是前者。

该诗应是针对诗坛现状而发的。“数公”，应当包括前一首提出的庾信和第二首指的“王、杨、卢、骆”等人。杜甫认为一概否定前人是不妥当的。放眼一看，在今天的诗人中有几个能超越这几位先生的？谁是超群出众能“掣鲸鱼”于“碧海”、能操“凌云键笔”的雄才大略之人？有些人笔下所为，虽文采斐然，令人眼花缭乱，但华而不实，如美丽的小鸟戏耍于兰花香草之上一样，都是生活中的小景，于社会无补，于时代无涉，正如李白所说的“绮丽不足珍”一样，是没有什么实际意义的。

艺术创作是需要作家对社会有高度责任感，对生活有深广的认识度，对题材有强大的开掘力的。将民族兴亡、人民忧乐置诸脑后，一味写一些“人云亦云”或“不知所云”的所谓“诗”，是不会被人民认可的。自然，它们的存在价值便可想而知。

其　五

不薄今人爱古人，清词丽句必为邻。窃攀屈宋宜方驾，恐与齐梁作后尘。

该诗首句“不薄今人爱古人”有一个怎样读的问题，即节奏点应为“不薄——今人爱古人”，还是“不薄今人——爱古人”？按照“上二下五”的理解应为前者，即不非薄今人对古人的喜爱；按照“上四下三”的句型，则应为后者，即无论今人或古人的诗，只要属“清词丽句”，都是我所喜爱的。窃以为，后一种观点是正确的，也是永恒的。首二句诗应该是老杜的创作原则。“爱古人”是回顾历史，主张继承优秀的文化传统；“不薄今人”则是面向未来，主张艺术的创新和发展。比如今天，写传统诗的不能排斥写新诗的，写新诗的也不能排斥写传统诗的，关键在于是不是“清词丽句”。杜甫主张继承传统，是因为“观今宜鉴古，无古不成今”。没有古人在诗歌语言、诗歌韵律、诗歌结构、诗歌美学创造上的不断摸索与运用，不断实践与创新，不断铺垫与拓展，诗歌的发展就不至于出现盛唐时期百花璀璨、狂潮奔涌的创作局面。然而，无论“古人”和“今人”的诗作，都必须是“清词丽句”。“清词丽句”是该诗的要意所在。那么什么是“清词丽句”呢？我以为，“清词丽句”，并非单纯指词彩的华赡秀美，而是指一切能紧扣时代脉搏，以真情实感兴会淋漓地创作出的意境优美、震撼人心的诗句。总而言之，一切具有永恒艺术生命力的诗句才能称得上“清词丽句”。

诗的三、四两句说，有些人私下也想与屈宋（指屈原、宋玉，这里属偏义复词，实指屈原）并驾齐驱，但他们不是学习屈原的爱国精神之实质，而是玩弄辞藻，写一些毫无生气、毫无现实意义的作品，这样一来的结果仍然是步“齐梁之后尘”。

杜甫是伟大的现实主义诗人，他的诗紧扣时代脉搏和人民疾苦，不步他人后尘，实际上是主张走自己的路、写自己的诗。尽管杜甫的诗风格沉郁，但那是和他一生的遭遇及爱国情怀紧密相连的。他用“清新庾开府，俊逸鲍参军”来评价李白，足见其诗歌之创作主张，他的诗，语言也同样有清新的一面。他反对那些内容空泛，不能给人以认识上的启迪和灵魂上的震撼的平庸之作。脚踏历史的厚重积淀而又面向未来，这无疑是正确的人生态度和创作法则。

其　六

未及前贤更勿疑，递相祖述复先谁？别裁伪体亲风雅，转益多师是汝师。

“未及前贤”、“递相祖述”、“别裁伪体”、“转益多师”是杜甫在这首诗中提出的作诗的要则，也表达了他在创作中的所思、所行。

全诗立足于关照自身，说自己与“前贤”比还有一定差距，这是勿须怀疑的。但是自己也像前人一样“递相祖述”，代代承传，要担负起承前启后的责任。杜甫认为继承传统必须善于“别裁伪体”。“风雅”在这里不应单纯地理解为《诗经》中的“风诗”和“雅诗”，而是代指古代一切优秀的文艺作品。因此“别裁伪体亲风雅”的意思应是：对从《诗经》以来的所有文学作品，要去粗取精，去伪存真，既不能毫无鉴别地重复古道，又不能一概否定前人，而是在鉴别的基础上加以继承，在继承的基础上加以发展——“递相祖述”，“转益多师”，博采众长，既学古人之善，也纳今人之美，这样才能集诸美于一身，创作出无愧于时代的优秀作品。由此可见，这种谦虚、好学、广纳博采的态度，不能不说是杜甫成为伟大现实主义诗人的最大奥秘。

这里我忽然想到了今天有那么一些诗人，他们因为写过几篇作品，在自吹和他吹的旋风中弄得晕头转向，连老祖宗也不认识，狂妄自大，自以为是，目无今古，俨然以大诗人、大作家自居。然而读了他们的作品，你发现了什么？也许你什么也没有发现。是歌颂，还是鞭挞？是治世良药，还是自我欣赏？你什么也不知道。穿上皇帝的新衣，“跟着感觉走”，还一味嘲笑他人戴“瓜儿皮”，岂非咄咄怪事！

解闷十二首(其七)

(唐)◎杜　甫

陶冶性灵存底物？新诗改罢自长吟。孰知二谢将能事，颇学阴何苦用心。

《解闷》十二首作于代宗大历二年(767)，时诗人五十六岁，寓居夔州。此诗是论诗之作，自叙作诗的经验。杜甫以“诗圣”著称，他的诗除了具有诗史的价值和深刻的思想性而外，在熔铸古今、精妙绝伦的艺术上，也具有极高的价值。从这首诗中，可以看出杜甫那种严肃认真的创作态度和善于向前人学习的虚心精神。第一句“陶冶性灵”即锻炼、修养性情；“存底物”，即靠什么。一、二句自问自答，说自己正是靠“新诗改罢自长吟”来锻炼和修养自己的性情的。“改罢”而又“长吟”，生动地表现出杜甫作诗时反复修改的情形，不仅注重文字的推敲，还要讲究声律的和谐、优美。而“长吟”前着一“自”字，又曲曲传达出新诗改好后曼声吟诵时，那种自得其乐、自我欣慰的情怀。两句一问一答，自开自合，正是这种情怀的恰到好处的表现。三、四句深入一层，追溯自己学诗的渊源。“孰”通“熟”，“熟知”即深知。“将”，秉承，具有。“能事”，语出《周易》。“将能事”即具有引申、触类，知变化之道的高超本事。“二谢”指南朝宋代诗人谢灵运和齐代诗人谢朓，他们都以清新秀丽、寓情深远的山水诗著称，亦称“大谢”、“小谢”。“阴何”，指南朝梁代诗人何逊和陈代诗人阴铿，他们的诗风接近“二谢”。这两句是互文，意思是我深知二谢、阴何精于作诗，所以苦苦地用心向他们学习。“苦用心”三字，是他多年实践的经验之谈，道出了杜甫在诗歌创作上之所以能够达到后人不可企及的高度的重要原因，也是全诗的结穴之处。可以看出，杜甫不仅不讳言他在作诗上的用心良苦，而且隐然有以“苦用心”为自我慰藉之意。杜甫写过《与李十二白同寻范十隐居》的诗，开始两句云：“李侯有佳句，往往似阴铿。”也有人认为这是杜甫看不起李白的话，其实都是臆测之词。王嗣奭早就看出了这一点：“公谓李白佳句似阴铿，论者谓公有不满白之意，试读此诗，岂其然乎？”(《杜臆》)卷八)诗中把“阴何”和“二谢”并提，都是肯定和赞美的意思。杜甫正是因为肯于苦心向前人学习，也肯于苦心自我钻研，所以他的诗才能“如三江五湖，合而为海；浩浩瀚瀚，无可涯涘”(元好问《杜诗学》引)，这对于今天的文学创作来说，仍然有着重要的意义。

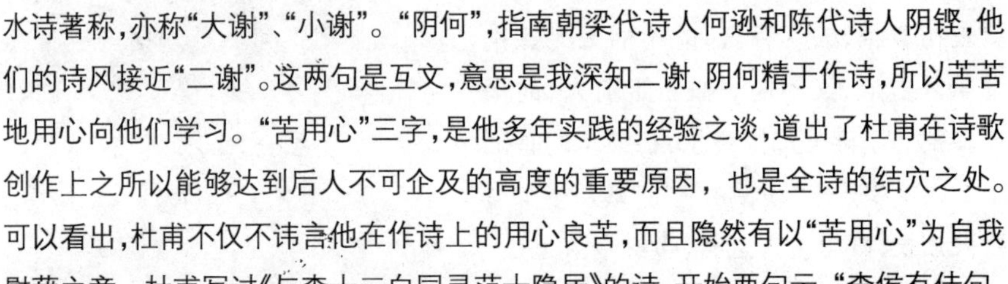

偶　题

（唐）◎ 杜　甫

文章千古事，得失寸心知。作者皆殊列，名声岂浪垂。骚人嗟不见，汉道盛于斯。前辈飞腾入，余波绮丽为。后贤兼旧例，历代各清规。法自儒家有，心从弱岁疲。永怀江左逸，多谢邺中奇。騄骥皆良马，骐驎带好儿。车轮徒已斫，堂构惜仍亏。漫作潜夫论，虚传幼妇碑。缘情慰漂荡，抱疾屡迁移。经济惭长策，飞栖假一枝。尘沙傍蜂虿，江峡绕蛟螭。萧瑟唐虞远，联翩楚汉危。圣朝兼盗贼，异俗更喧卑。郁郁星辰剑，苍苍云雨池。两都开幕府，万宇插军麾。南海残铜柱，东风避月支。音书恨乌鹊，号怒怪熊罴。稼穑分诗兴，柴荆学士宜。故山迷白阁，秋水隐皇陂。不敢要佳句，愁来赋别离。

这首题为“偶题”的五言排律，其产生却应该说是必然的。明人王嗣奭《杜臆》说：“少陵一生精力用之文章，始成一部诗集，此篇乃一部杜诗总序。”

晚年的杜甫，既衰且病，饱经动荡和离乱后，在四川的夔州过上了一段稍稍稳定的日子。在此期间，他租种公田，自食其力，躬耕稼穑、经营果园之余，更加勤奋于诗歌的创作。在大约两年时间内，他写了四百三十多首诗，几乎占他诗集中的七分之二。也就是在这时，他才更深切地感受到自“七龄思即壮，开口咏凤凰”而来，已经和诗歌打了一辈子的交道，从而对诗歌艺术的传承发展规律和自己的诗歌创作实际有了深刻的思索和体悟，于是瓜熟蒂落、水到渠成地于这首“偶题”之中表现了出来。

曹丕《典论·论文》道："盖文章，经国之大业，不朽之盛事。年寿有时而尽，荣乐止乎其身，二者必至之常期，未若文章之无穷。"使杜甫感到欣慰的是，尽管"致君尧舜上，再使风俗淳"的壮志未酬，屡经挫折，饱尝动乱之苦，倒却取得了诗歌创作的丰硕成果。于是开篇之首，便吟出了"文章千古事，得失寸心知"的饱含哲理的名句。当然，这个"寸心知"既是指己之所知，亦是指知己之所知。

接着，在佐证这"不朽"的"千古事"的同时，谈到了由古及今的诗歌艺术的传承和发展。历代的诗人可以排出一个次第来，如果没有独到的成就，怎么能够名留后世？骚体乃至更早的《诗经》已被两汉以降的五、七言诗体所替代，前辈诗人驰骋才思、腾越文坛，余风所及，给后世以巨大的影响。后世的贤才总是在继承前人的基础上，兼收并蓄，从而有所创新，以至于不同时代的创作皆能形成独特清新的规范。再想到自己的创作，原是出自儒家的体系，从童年时便开始竭尽情思致力于创作。忘不了像"騄"、"骥"等良马般驱驰的西晋诗人潘岳、陆机等人的影响，更得感谢如马中"骐"、"驎"带着千里驹驰骋于诗坛的邺下三曹父子所给予的激励。值得叹息的是，尽管而今已如轮扁斫轮一样"得之于手而应于心"，然而于治国安民又有何补益？即使写出王符《潜夫论》、邯郸淳《曹娥碑》一样的文字来，也不过空传后世罢了……

反过来又一想，写诗毕竟是自己的兴趣爱好和思想寄托，是自己带病迁徙、漂泊流寓生涯的一种慰藉啊，还侈谈什么经世济民之策？像疲敝的飞鸟一样，能有一枝栖息之处也算不错了。

回到而今的现实中来，尘世中蜂虿横行，江峡里蛟螭出没——触目萧瑟凄怆，离唐虞之世愈来愈远了；军阀联翩抗轭，似乎又重现了楚汉的危局。所谓的圣明之朝却是盗贼蜂起，边鄙之地的异俗风景就更是喧阗卑下了。郁郁盘结、上绕星辰的剑气下是兵锋森列，苍苍无际、如云雨笼罩池上的是战气蒸腾。东、西各镇都设起了将军的幕府，到处都是军旗在飘荡。东汉马援立于南海交趾极界的铜柱已被残毁，像西风渐紧、东风避之不及似的，西边的月支（指吐蕃）又屡次入侵。自己流寓异域，乌鹊啼鸣却空报亲人的音信，又时时听见山野的熊罴怒号，这样的心境岂是"恨"、"怪"能道得分明的？只好将每日的稼穑生活以吟诗的兴致来表达，柴门茅屋里的自食其力的生活也能使一个读书人自得其乐。想到长安故居烟草迷茫的白阁和白阁下秋水弥漫的皇陂，有家难归，只好以吟诗来化解自己的离情乡思，却不敢期盼能写出真能传之于后世的绝章妙句……

杜甫对诗歌艺术的传承发展和自己一生诗歌创作主旨的思考与见解，就以这样的五言排律的形式表达出来，格律严谨，对仗工稳，一韵到底，丝毫不受约束，记事、议论、抒情均得心应手，足以表现出其诗歌造诣已到了炉火纯青的地步。

春日忆李白

（唐）◎杜　甫

白也诗无敌，飘然思不群。清新庾开府，俊逸鲍参军。渭北春天树，江东日暮云。何时一樽酒，重与细论文。

该诗约作于天宝五年（746）春天，当时杜甫在长安，李白却远在江浙一带。诗中表达了杜甫对李白的无限思念之情。诗的前两句以“无敌”、“飘然”、“不群”，从总的风格上评赞李白之诗天下无敌。“思不群”，是说李白思想与众不同。接着两句用南朝诗人庾信、鲍照的诗风作譬喻，说李白兼有庾、鲍二人诗歌那种“清新”、“俊逸”之风调。“庾开府”，南朝梁诗人庾信。庾信曾作过北周的骠骑大将军和开府仪同三司，故称“庾开府”，其诗风清新自然，老而成就更高。“鲍参军”，指南朝宋诗人鲍照。鲍照于宋时曾作过前军参军，故人称“鲍参军”。其诗风俊秀萧洒，不同凡俗。五、六句借景抒情：“渭北”、“江东”，“春树”、“暮云”，彼此思念之情可知。渭水以北气候本迟，万树着绿，时已深春。春既深，思逾浓；日既暮，悲逾深。将两种毫不相干之事物联系到一起，含蓄地表达了李杜二人之笃厚情谊。最一联以问作结，其绵绵不绝之怀思于斯可见。

全诗感情沉郁迭宕，言简意长，有无穷韵致。仇兆鳌说：“公在渭北，白在江东，春树暮云，即景寓情，不言怀而怀在其中。”

但我以为该诗主旨是怀人，更是论诗，怀人与论诗二者水乳交融。杜甫认为李白的诗飘然思不群，无敌于天下，其风格有庾信之清奇、新颖，兼鲍照之飘逸、俊健。明人杨升庵《升庵诗话》云：“杜工部称庾开府曰清新。清者，流丽而不浊滞；新者，创见而不陈腐也。”历代以来，无数论家都认为李白的诗风雄浑豪壮，叱咤风云，吞吐日月，笔摄万象，横扫千军，在盛唐诗坛独树一帜。正因为如此，作为伟大的现实主义诗人杜甫，才惺惺惜惺惺，对长期流落于江东的另一位伟大的浪漫主义诗人李白倍加思念。

戏题王宰画山水图歌

(唐)◎杜　甫

十日画一水，五日画一石。能事不受相促迫，王宰始肯留真迹。壮哉昆仑方壶图，挂君高堂之素壁。巴陵洞庭日本东，赤岸水与银河通，中有云气随飞龙。舟人渔子入浦溆，山木尽压洪涛风。尤工远势古莫比，咫尺应须论万里。焉得并州快剪刀，剪取吴松半江水。

此为歌行体题画诗，约作于上元元年(760)。读此诗须注意“戏题”二字，即其中的幽默感。

前四句写其名家风度，“十日画一水，五日画一石”，无乃太慢乎？看来王宰是位工笔青绿山水画家，喜欢精雕细刻，画起来胸有成竹，不喜受人催促。时下名画家应酬求画时也是如此，先决条件便是不催，把绢幅搁那儿就是。一来求画的人多，哪能说要就要？二来要有兴致才肯命笔。所以要快莫来，不然就暗中教弟子或儿女临摹代笔，自己画押就是，教你得一幅赝品。——要不然杜甫何以特别强调“真迹”二字呢？——“能事不受相促迫，王宰始肯留真迹”。

中七句述画中山水。这是一幅绢画，而且是挂在画家自己家的中堂，可知是得意之作。《昆仑方壶图》以海上神山命名，可知是想象写意为主。此画山水俱佳，尤善留白(“中有云气”云云)，而且从树木与波涛中传出狂风之势。诗人所举“巴陵”、“日本”、“赤岸”皆泛言崇山峻岭、江河湖海，以助读者之想象。

末四句是总评和观感，“尤工远势古莫比”二句是说王宰在运用透视画法以取得尺幅万里之势方面，有超过古人的独到之处，可谓懂画。

据说晋人索靖见顾恺之画，爱不释手，说：“恨不带并州快剪刀来，欲剪松江半幅纹练归去。”意即这画即使不能全幅偷走，剪一块水纹回去，亦有收藏价值。末二句正此意也，所以言“戏”。

诗人另有《戏为韦偃双松图歌》末云“我有一幅好东绢，重之不减锦绣段。已令拂拭光凌乱，请公放笔为直干”，盖画松以曲干见奇，而一匹东绢长可两丈，问彼能否作直干之松树，是求画意，亦是开个小小的玩笑的。

观公孙大娘弟子舞剑器行并序

（唐）◎杜　甫

大历二年十月十九日，夔府别驾元持宅，见临颍李十二娘舞剑器，壮其蔚跂，问其所师，曰："余公孙大娘弟子也。"开元三载，余尚童稚，记于郾城观公孙氏舞剑器浑脱，浏漓顿挫，独出冠时，自高头宜春、梨园二伎坊内人洎外供奉，晓是舞者，圣文神武皇帝初，公孙一人而已。玉貌锦衣，况余白首，今兹弟子，亦匪盛颜。既辨其由来，知波澜莫二，抚事感慨，聊为剑器行。往者吴人张旭，善草书书帖，数常于邺县见公孙大娘舞西河剑器，自此草书长进，豪荡感激，即公孙可知矣。

昔有佳人公孙氏，一舞剑器动四方。观者如山色沮丧，天地为之久低昂。㸌如羿射九日落，矫如群帝骖龙翔。来如雷霆收震怒，罢如江海凝清光。绛唇珠袖两寂寞，晚有弟子传芬芳。临颍美人在白帝，妙舞此曲神扬扬。与余问答既有以，感时抚事增惋伤。先帝侍女八千人，公孙剑器初第一。五十年间似反掌，风尘澒洞昏王室。梨园弟子散如烟，女乐余姿映寒日。金粟堆前木已拱，瞿塘石城草萧瑟。玳筵急管曲复终，乐极哀来月东出。老夫不知其所往，足茧荒山转愁疾。

公孙大娘是开元中著名舞蹈家，尤善剑器舞。据说草圣张旭看了她的表演，从此草书长进。孩提时代的杜甫，曾有幸在郾城一饱眼福，那印象一直深刻脑海。不料五十年后飘泊夔州，又观赏到公孙大娘的学生、已不年轻的李十二娘的出色剑舞。

想到公孙大娘高超的技艺，想到当年玄宗时代女乐之盛，一切都成为历史。连公孙门下的高徒，也流落到了这边鄙的山城。面对五十年沧桑，诗人怎不感慨万端？

韦讽录事宅观曹将军画马图

（唐）◎ 杜 甫

国初已来画鞍马，神妙独数江都王。将军得名三十载，人间又见真乘黄。曾貌先帝照夜白，龙池十日飞霹雳。内府殷红马脑盘，婕妤传诏才人索。盘赐将军拜舞归，轻纨细绮相追飞。贵戚权门得笔迹，始觉屏障生光辉。昔日太宗拳毛䯄，近时郭家狮子花。今之新图有二马，复令识者久叹嗟。此皆骑战一敌万，缟素漠漠开风沙。其余七匹亦殊绝，迥若寒空动烟雪。霜蹄蹴踏长楸间，马官厮养森成列。可怜九马争神骏，顾视清高气深稳。借问苦心爱者谁？后有韦讽前支遁。忆昔巡幸新丰宫，翠华拂天来向东。腾骧磊落三万匹，皆与此图筋骨同。自从献宝朝河宗，无复射蛟江水中。君不见金粟堆前松柏里，龙媒去尽鸟呼风！

广德二年（764），杜甫在阆州录事韦讽于成都的家中看到了曹霸的一幅画马图。曹霸曾因在玄宗御前画马而声誉鹊起，贵戚权门无不以求得其画为荣。而韦讽家的这幅《九马图》是曹画之精品，其中有两匹战马系以太宗的“拳毛䯄”、郭子仪的“狮子花”为模特，总领群马，异常神骏，令诗人赞叹不已。

诗人由此想到玄宗爱马爱画，当其巡幸新丰宫，数万骏马随从，何其显赫。一旦升遐，群马去尽，陵前松风，何其悲凉！伤时念乱之情，不禁又涌上心头。

丹青引赠曹将军霸

（唐）◎杜　甫

将军魏武之子孙，于今为庶为清门。英雄割据虽已矣，文采风流今尚存。学书初学卫夫人，但恨无过王右军。丹青不知老将至，富贵于我如浮云。

开元之中常引见，承恩数上南薰殿。凌烟功臣少颜色，将军下笔开生面。良相头上进贤冠，猛将腰间大羽箭。褒公鄂公毛发动，英姿飒爽来酣战。

先帝天马玉花骢，画工如山貌不同。是日牵来赤墀下，迥立阊阖生长风。诏谓将军拂绢素，意匠惨淡经营中。须臾九重真龙出，一洗万古凡马空。玉花却在御榻上，榻上庭前屹相向。至尊含笑催赐金，圉人太仆皆惆怅。弟子韩干早入室，亦能画马穷殊相。干唯画肉不画骨，忍使骅骝气凋丧。

将军善画盖有神，偶逢佳士亦写真。即今漂泊干戈际，屡貌寻常行路人。途穷反遭俗眼白，世上未有如公贫。但看古来盛名下，终日坎壈缠其身。

此诗代宗广德二年(764)作于成都。唐张彦远《历代名画记》载："曹霸，魏曹髦(高贵乡公)之后，髦画称于后代，霸在开元中已得名。天宝末每诏写御马及功臣，官至左武卫将军。"安史乱后，曹霸亦漂泊成都，与杜甫相遇，诗可以说是一篇绝妙的画家小传，其间亦寓诗人深深的同情。

全诗四十句，八句一韵，平仄互换，换韵处换意，成为自然段落。诗中所列曹霸从艺二三事，描绘出画家一生梗概，在材料处理上颇得主次详略之法。先八句叙曹霸家世、艺事及人品。叙家世从其远祖魏武说起，谓其割据已矣、门第中落，其辞若有憾，实深许之。紧要乃在"文采风流"一句，如杜甫自诩"吾祖诗冠古"一样值得骄傲。其次赞其书艺。但这不是曹霸的强项，所以说"但恨无过王右军"，又是辞若有憾，然而乃是与书圣相比，如此取法乎上，仍是肯定，又为以下赞其画艺留够余地，分清主次。再次述其人品，说曹霸乃致力于绘画，乐此不疲，贫困不移。"丹青不知"二句化用《论语·述而》"发愤忘食，乐以忘忧，不知老之将至云尔"、"不义而富且贵，于我如浮云"。这里强调的是艺术家对艺术的热爱和献身精神，有了这个，加上先天的禀赋，即"文采风流"，就是百分之百的成功。

次八句写图画凌烟功臣，在丹青事迹中又是陪笔，但较书艺的一笔带过又较详细。唐贞观十七年(643)阎立本奉诏图画功臣二十四人(文武两类)于凌烟阁，由于年久褪色，开元间又命曹霸重画一次。史称立本所画“尤工形似”。诗云曹霸所画别开生面，为笔下人物传神，使之栩栩如生。“良相头上”二句撮述人物衣饰佩服之细节，可见画家一笔不苟。然后特写褒国公段志玄、鄂国公尉迟敬德画像之威风，以概其余。

以下十六句即写曹霸画马，才是诗中主笔，刘熙载论书云：“画山者必有主峰，为诸峰所拱向；作字者必有主笔，为余笔所拱向。主笔有差，余笔皆败，故善书者必争此一笔。”这不是一般的作画，而是皇帝(玄宗)出席的当众表演。“画工如山貌(描)不同”，“貌不同”即画不像，画不像是因不传神。既表明马的神骏，也说明国手的难得。以下写皇帝叫拂绢，要看他动笔，画家却不慌不忙——“能事不受相促迫”。他在作什么呢，“意匠惨淡经营”——是在窥伺对象，是在酝酿情绪。是草草动手，还是胸有成竹，这是冒牌货与行家的重要区别。所以林冲在打翻洪教头之前的一味退让，未尝不是惨淡经营，亦即所谓“将军欲以巧服人，盘马弯弓故不发”。所谓兴会、灵感，不是从天上掉下来的，它完全是一种积累的产物，印象和素材的积累，技法的积累和情绪的积累，最后形成一种创作冲动，觉得兴会到了，便要努力创造。在这种状态下，真正的艺术品就诞生了：“斯须九重真龙出，一洗万古凡马空。”杜甫之所以能写活一个曹霸，正如曹霸能画活一匹天马一样，是在于与笔下对象达成了一种精神上的默契。盖杜甫也有过“集贤学士如堵墙，观我落笔中书堂。往日文采动人主，今日饥寒趋道旁”(《莫相疑行》)，几乎完全一样的经历。然后正面说画的精彩，画马与真马难分高下，皇帝赐金，宫廷的马官们自愧不如。突然又引入一个韩干——曹霸升堂入室的弟子来，进一步衬托曹霸的绝活之不可及。这里对韩干的批评不一定确切，因为古代包括唐代的画论著作，对韩干画马的评价都是很高的，如说他得“骨肉停匀法”（夏文彦）。韩干有一句名言：“臣自有师，今陛下内厩之马，皆仆之师也。”（《唐朝名画录》）其真迹至今珍藏台湾，可驳“画肉不画骨”之说。杜甫的批评也许代表某个阶段的看法，但更是属于尊题的手法。值得注意的是，杜甫提出了创作的一个重要原则，就是关于“画骨”的问题。所谓“画骨”推广到一般，就是指的传达对象的精神实质，这“骨”与“忍使骅骝气凋丧”的“气”、“将军善画贵有神”的“神”，具有同一性。相传赵子昂画马，先要对镜扮马，才能动笔，他又说过“右军人品甚高，故书入神品”。艺术品中总是体现着艺术家的品格的，诗中这一段主笔之妙，完全在于他写出了一个艺术家的精神。

最后八句慨叹曹霸遭逢的坎坷，并自鸣不平。作为一个敬业的艺术家，曹霸漂泊中还在作画，但不再是画功臣与天马了，只偶画佳士，而更多的是为路人写真，成了个地摊画家，以画谋生了。卖艺以自食其力，正自有精神在，但同时也就是处于困窘了。古人说“诗穷而后工”，画亦如之。又说“古来才命两相妨”（李商隐），这是曹霸的写照，也是杜甫本人的写照。《存殁口号》也写道：“郑公粉绘随长夜，曹霸丹青已白头。天下何曾有山水，人间不解重骅骝。”这是对社会不重视人才，乃至埋没人才的有力控诉。前人对此诗评价很高，如说“此七古之长江大河也，于浑浩流转中，位置详审，无一笔造次，所谓惨淡经营者，画不可见，诗独当之矣”（乔亿）。

胡笳歌送颜真卿使赴河陇

(唐)◎岑　参

君不闻胡笳声最悲？紫髯绿眼胡人吹。吹之一曲犹未了，愁杀楼兰征戍儿。凉秋八月萧关道，北风吹断天山草。昆仑山南月欲斜，胡人向月吹胡笳。胡笳怨兮将送君，秦山遥望陇山云。边城夜夜多愁梦，向月胡笳谁喜闻？

岑参(715—770)，荆州江陵(今湖北江陵)人，郡望南阳(今属河南)。玄宗天宝五载(746)登进士第，天宝间曾两度出塞，充任安西、北庭节度使府掌书记、节度判官。肃宗时历任右补阙、起居舍人、虢州长史等职。代宗大历二年(767)任嘉州刺史，后客死成都。有《岑嘉州集》。

天宝七载(748)八月，颜真卿(709—785，长安人，唐代著名书法家)充河西陇右军试覆屯交兵使，前往河西、陇右(在今陕、甘交界区域)一带。临行前，岑参在长安写了这首诗。诗从对悲壮的胡笳声的描写中，表现了对友人的依依惜别之情。

胡笳，古代管乐器，开始卷芦叶吹之以作乐，后来以木为管，饰以桦皮，为三孔，两端加角，从汉代起流行于塞北和西域一带。其吹奏声呜呜然，如人之悲鸣。相传汉末蔡文姬即写过《胡笳十八拍》的著名诗歌，用以配合胡笳的伴奏而歌唱，倾诉乱离的悲苦。岑参的这首《胡笳歌送颜真卿使赴河陇》虽然有惜别之悲，但悲中有壮，表现出特有的风格。诗人从三个方面，用不同的手法，反复、深入地表现胡笳的悲壮。

第一个方面，是开始四句，把胡笳之声与"胡人"的吹奏情形结合起来写。诗人说，胡笳之声本来就是最悲的了，特别是由那"紫髯绿眼"的"胡人"吹奏起来，声音更见其悲，一曲未完，连那西域楼兰(汉西域城国名，唐为鄯善，在今新疆)能征惯战的军人听了，也不禁悲愁得要死。诗中用红胡子、绿眼睛的"胡人"形象来渲染异域情调，赋予胡笳以边地特有的悲壮色彩，同时用"楼兰征戍儿"的"愁杀"来衬托胡笳声音之悲，写得兴会淋漓。而尤其值得注意的是，诗人是以兴奋的心情来写这胡笳的悲声的。"君不闻"三个字，其中有向被送者探询之意，也有好奇之心，更表现出津津乐道的情怀。于是，在作者充满激情的诉说中，这一片悲声里隐隐透露出豪壮的情调。

第二个方面，是中间四句，把胡笳之声与边城的荒凉冷落情景结合起来写。作者似乎在兴致勃勃地继续诉说：进入凉秋八月的萧关(古关名，故址在

今宁夏固原东南，为自关中通向塞北的交通要冲），强劲的北风把天山的草都吹断了，昆仑山（在青海、西藏交界处）的南面晓月斜斜，此时“胡人”向月吹笳，那清晓的笳声，才更悲壮呢！这四句，诗人把胡笳之声安排在晓月欲坠之时，那砭人肌骨的寒气，那猛烈吹刮、呼啸不停的北风，与胡笳的悲声融为一片，似乎充塞宇宙，使天地也为之寒栗。这边塞的荒寒之境，使得胡笳之声倍增其悲。其中的萧关、天山、昆仑山，未必是被送者必经或到达之地，这里只是用来泛指边地关山。但从这些地名所特有的边塞含义中，从它们所构成的广阔的空间地域中，胡笳之声就有了更为辽远壮阔的背景，所以在悲凉之中，包含着雄壮的激情，令人为之感奋。

第三个方面，是最后四句，作者把胡笳之声与送别直接结合起来写。诗人说，在胡笳的一片悲怨声中，我就要送您远行了，今后只能从秦地的山上去遥望陇山（六盘山南段的别称，山势陡峻，在今陕西陇县西北，唐为陇州所辖）之云，以寄托思念之意；您住在那远离故人的边境，夜里总会做离别的梦，当清夜梦回时，望着满地如霜的月色，您恐怕不愿去听那悲凉的胡笳声吧？这四句在深情的诉说中，体现出作者对被送者的无限厚意。“秦山遥望陇山云”，是说自己对颜真卿走后的怀念，但云遮雾障，望而不见，流露出一丝怅惘，正与胡笳的悲声相一致；“边城夜夜多愁梦”，又从边地着笔，悬想颜真卿对自己的思念，直接与笳声相连。这两层意思，把送别时依依难舍之情与笳声自然地结合在一起，收到了使人感动的效果。尽管如此，诗中绝无寻常送别那种凄然悲切的情调，从“秦山”、“陇山”、“边城”等字面中，仍然透出一种雄壮气魄。特别是最后一句，“向月胡笳谁喜闻”，好像是说“向月胡笳谁都不愿闻”，但用问句作结，意思并没有那么肯定，其中也包含着“不喜闻”而“闻”之意。刚到边地，一切都感到新鲜，在那愁闷之际，听到月色中的胡笳之声，虽起思家之念，但不也有一种新奇感吗？那悲壮之声，不也使人为之一振吗？这些深长的余味，为全诗增加了悲而且壮的特色。正如周啸天先生所说：“诗中的边关是那么哀怨又那么令人神往，月下胡笳的声音那么催人泪下又那么富有魅力，读者感同身受。大抵诗人这时已隐约下定亲历塞垣的雄心，此诗可谓其边塞诗的前奏。”（见《岑诗综论》）

这首诗在句法上也颇新奇。这首诗属七言古诗，但开始却用八字句起头，用“君不闻”三字领起，显出陡然而起的气势。这一句是问句，最后一句也是问句，前后呼应十分紧密。“胡笳怨兮将送君”，又用了楚辞句式，倍增激情。中间使用顶真手法，读来流走贯通而又气势排宕。全诗换韵频繁，开始四句作一韵，较为舒缓；中间四句两句一转韵，平仄交替，由舒缓而变得特别急促；最后又四句作一韵，逐渐回复舒缓。这种错综交织的安排，对表现起伏顿宕、悲壮淋漓的激情，起到了很好的配合作用。

听弹琴

（唐）◎ 刘长卿

泠泠七弦上，静听松风寒。古调虽自爱，今人多不弹。

刘长卿（709?—790?），字文房，河间（今属河北）人，一说宣州（今属安徽）人，早岁居洛阳。玄宗开元间即应进士举，至天宝末始登进士第，释褐长洲尉。肃宗至德三载（758）摄海盐令，同年以事下狱，贬南巴。代宗永泰元年（765）前后入京。大历初以检校祠部员外郎出为转运使判官，后擢鄂岳转运留后，贬睦州司马。德宗建中初迁随州刺史。晚入淮南节度使幕。有《刘随州文集》。

诗题一作“弹琴”。《刘随州集》为“听弹琴”，从诗中“静听”二字细味，题目以有“听”字为妥。

琴是我国古代传统民族乐器，由七条弦组成，所以首句以“七弦”作琴的代称，意象也更具体。“泠泠”形容琴声的清越，逗起“松风寒”三字。“松风寒”以风入松林暗示琴声的凄清，极为形象，引导读者进入音乐的境界。“静听”二字描摹出听琴者入神的情态，可见琴声的超妙。高雅平和的琴声，常能唤起听者水流石上、风来松下的幽静肃穆之感。而琴曲中又有《风入松》的调名，一语双关，用意甚妙。

如果说前两句是描写音乐的境界，后两句则是议论性抒情，牵涉到当时音乐变革的背景。汉魏六朝南方清乐尚用琴瑟，而到唐代，音乐发生变革，“燕乐”成为一代新声，乐器则以西域传入的琵琶为主。“琵琶起舞换新声”的同时，公众的欣赏趣味也变了，受人欢迎的是能表达世俗欢快心声的新乐。穆如松风的琴声虽美，如今毕竟成了“古调”，又有几人能怀着高雅情致来欣赏呢？言下便流露出曲高和寡的孤独感。“虽”字转折，从对琴声的赞美进入对当时的感慨。“今人多不弹”的“多”字，更反衬出琴客知音者的稀少。

有人以此二句谓今人好趋时尚不弹古调，意在表现作者的不合时宜，是很对的。刘长卿清才冠世，一生两遭迁斥，有一肚皮不合时宜和一种与流俗落落寡合的情调。他的集中有《幽琴》（《杂咏八首上礼部李侍郎》之一）诗曰：“月色满轩白，琴声宜夜阑。飗飗青丝上，静听松风寒。古调虽自爱，今人多不弹。向君投此曲，所贵知音难。”其中四句就是这首听琴绝句。“所贵知音难”也正是诗的题旨之所在。“作诗必此诗，定知非诗人”，诗咏听琴，只不过借此寄托一种孤芳自赏的情操罢了。

夜上西城听梁州曲二首

（唐）◎ 李　益

行人夜上西城宿，听唱梁州双管逐。此时秋月满关山，何处关山无此曲？

鸿雁新从北地来，闻声一半却飞回。金河戍客肠应断，更在秋风百尺台。

李益（748—827），字君虞，凉州姑臧（今甘肃武威）人。代宗广德二年（764）凉州陷于吐蕃前，随家迁居洛阳。大历四年（769）登进士第，六年登制科举。大历九年（774）到贞元十六年（800）间，在唐王朝连年举兵防秋的形势下，辗转入渭北、朔方、邠宁、幽州节度使等幕府，长期从戎。有《李益集》（《李君虞诗集》）。

这两首诗，前一首是古绝，后一首是规范的近体绝句，两首合为一组，共同表达一个完整的意思。这可能是诗人一种有意识的创造或探索。但沈德潜编《唐诗别裁集》时，却把两首合而为一，作为七古，题也改为《夜上西城听梁州》。今仍从《全唐诗》，作两首。

这是诗人从军塞北时，夜上西城所作。西城即西受降城的简称，该城故址在今内蒙古杭锦后旗乌加河北岸。《梁州曲》即《凉州曲》，乐府《近代曲》名。原是凉州（州治在今甘肃武威）一带的歌曲，唐代诗人多以此调作歌词，内容是描写北方的塞上风光和战争情景，曲调悲凉。这首诗通过对在月下听《梁州曲》的生动传神的描写，抒发了边城征人凄凉、悲切的情怀，感人肺腑。

诗歌采用层层推进的手法，融情于景，以物相衬，把月下《梁州曲》的悲凉之情，一步一步地表达得淋漓尽致。诗人先从自己写起："行人夜上西城宿，听唱梁州双管逐。""行人"即使者，指诗人自己，他是暂时来西城的，晚上住宿在城上。异乡独宿，本有一种孤独感，辗转反侧，难以入梦，此时忽听得在"双管"（古代吹奏乐器，又称双凤管）的伴奏下，有人唱起高亢悲凉的《梁州曲》来。诗人受到感染，睡意顿消，他走上城头一望，啊，"此时秋月满关山，何处关山无此曲？"空中一轮明亮的秋月，清冷的月光洒满雄壮的关塞和起伏连绵的群山，那

歌声在群山中回荡，好像山山岭岭都有人在唱《梁州曲》，此起彼伏，声震霄汉，显得格外宏大、悲壮和苍凉。后两句作者没有写到自己，可以想见，在这样悲壮的歌声中，当此情景，诗人也会黯然伤怀的。在充满激情的描写中，诗人内心的激动也见于言外。这四句中间用《梁州曲》的歌声和音乐声过渡，把境界从“西城”的一隅，突然扩大到浩茫无际的关山，把诗境拓展到了辽阔的空间，在悲凉中透出磅礴的气势，显现出豪壮的气概。

在第二首中，作者把“行人”的感觉传递给“鸿雁”：“鸿雁新从北地来，闻声一半却飞回。”在明朗的秋空中，一队队大雁正高兴地从北方飞向南国的老家去，可是，当它们飞到西城听到《梁州曲》时，刚听了一半，那悲凉的声音就使它们伤怀无已，再也不能举翅飞完遥远的征程，只好又飞回去。这两句在前一首诗的基础上又进了一层。看来好像无理，但是，从情感逻辑上来推论，完全是符合诗中的主观感情的，读者似乎一点也不感到意外，这是无理中的有理。通过鸿雁的有力衬托，那月下悲凉的《梁州曲》，就显得更加感伤无限了。

最后，作者经过“鸿雁”这个中介，把感觉最终传递给“戍客”（长年驻守的戍边士卒）：“金河戍客肠应断，更在秋风百尺台。”“金河”，在今内蒙古黄河北岸乌梁素海以北，西城以东，这里是指西城一带。诗人在城上眺望，看到那在凄紧秋风中高高屹立于山上的烽火台，驻守在上面的戍卒，他们听到那悲凉、伤感的《梁州曲》，一定会比我、比鸿雁更加伤感的，将会柔肠寸断，愁苦万状，因为他们与家乡远隔千山万水，驻守的时间又很长很长了啊！这样，诗人通过层层过渡、推进，把一层深似一层的悲伤，沉重地落在“秋风百尺台”上的“戍客”身上，以表现赴边士卒长年在边地的无限思家之情和久居塞外的悲凉之意，诗行里回荡着深切的同情。这里面，是否还隐含着作者反对唐王朝穷兵黩武，给人民造成灾难而希望和平呢？足以启人深思。诗歌最后的“秋风百尺台”，与篇首的“西城”遥相对应，诗人似乎在久久注目，想到自己不久就要走了，连鸿雁也飞去了，而那长年驻守、有家不能归，在边地尝尽荒凉之苦的士卒，他们住在孤零零的烽火台上，又将如何度日呢？不难想象，诗人思念及此，恐怕会洒下潸然的同情之泪的。诗歌的结尾，为读者创造了特别鲜明的形象，留下了咀嚼不尽的情思。

这两首诗乍看来似乎平淡无奇，但仔细体会，在质朴的形式中却隐藏着独特的手法，具有精严的结构、婉曲的诗思和充沛的激情，极其真实生动地反映了赴边士卒久戍思乡的愁苦和诗人对他们的深切同情，也体现出作者娴熟的技巧和高度的匠心。这两首诗与他的名作《夜上受降城闻笛》、《从军北征》等相比，也自有不可替代而值得认真玩味的特色。

画 松

(唐)◎ 景　云

画松一似真松树，且待寻思记得无？曾在天台山上见，石桥南畔第三株。

景云(？—？)，中晚唐诗僧。《全唐诗》存诗3首。

好的艺术品往往具有一种摄魂夺魄的感召力，使观者或读者能神游其境。创作与鉴赏同是形象思维，而前者是由真到“画”，后者则由“画”见真。这位盛唐诗僧景云（兼擅草书）的《画松》诗，就惟妙惟肖地抒发了艺术欣赏中的诗意感受。

一件优秀作品给人的第一印象往往就很新鲜、强烈，令人经久难忘。诗的首句似乎就是写这种第一印象。“画松一似真松树”，面对“画松”，观者立刻为之打动，由“画”见“真”，就是说画得太像。“一似”二字表达出一种惊奇感，一种会心的喜悦，一种似曾相识的发现。

于是，观画者进入欣赏的第二步，开始从自己的生活体验去联想，去玩味，去把握那画境。他陷入凝想沉思之中：“且待寻思记得无？”欣赏活动需要全神贯注，要入手其内才能体味出来“且待寻思”，说明欣赏活动也有一个渐进过程，一定要反复涵泳，方能猝然相逢。

当画境从他的生活体验中得到印证，当观者把握住画的精神与意蕴时，他得到欣赏的最大乐趣：“曾在天台山上见，石桥南畔第三株。”这几乎又是一声惊呼。说画松似真松，乃至说它就是画的某处某棵松树，似乎很实在。“天台”是东南名山，绮秀而奇险，“石桥”是登攀必经之路。“石桥南畔第三株”的青松，其苍劲遒媚之姿，便在不言之中。由此又间接传达出画松的风格，这又是所谓虚处传神了。

作为题画，此诗的显著特点在于不作实在的形状描摹，如“森森直干百余寻，高入青冥不附林”、“龙甲虬髯不可攀，亭亭千丈荫南山”（王安石《古松》）一类，而纯从观者的心理感受、生活体验写来，从虚处传画松之神。既写出欣赏活动中的诗意感受，又表现出画家的艺术造诣，在同类诗中是独树一帜的。但对号入座的方法对于文学鉴赏，却是不宜普遍推广的。

听邻家吹笙

（唐）◎ 郎士元

郎士元（？—780？），字君胄，中山（今河北定县）人。玄宗天宝十五载（756）登进士第。避安史之乱而羁滞江南。代宗宝应元年（762）授渭南尉，大历元年（766）前后擢为拾遗，四年前后迁员外郎，复转郎中，德宗建中初（780）出为郢州刺史，持节治军。《全唐诗》存诗1卷。

凤吹声如隔彩霞，不知墙外是谁家。重门深锁无寻处，疑有碧桃千树花。

通感是把视觉、听觉、嗅觉、味觉、触觉沟通起来的一种修辞手法。这首《听邻家吹笙》在通感的运用上，颇具特色。

这是一首听笙诗。笙这种乐器由多根簧管组成，参差如凤翼；其声清亮，宛如凤鸣，故有“凤吹”之称。传说仙人王子乔亦好吹笙作凤凰鸣（见《列仙传》）。首句“凤吹声如隔彩霞”就似乎由此作想，说笙曲似从天降，极言其超凡入神。具象地写出“隔彩霞”三字，就比一般地说“此曲只应天上有”来得妙。将听觉感受转化为视觉印象，给读者的感觉更生动具体。同时，这里的“彩霞”又与白居易《琵琶行》、韩愈《听颖师弹琴》中运用的许多摹状乐声的视觉形象不同。它不是说声如彩霞，而是说声自彩霞之上来；不是摹状乐声，而是设想奏乐的环境，间接烘托出笙乐的明丽新鲜。

“不知墙外是谁家”，对笙乐虽以天上曲相比拟，但对其实际来源必然要产生悬想揣问。诗人当是在自己院内听隔壁“邻家”传来的笙乐，所以说“墙外”。这悬揣语气，不仅进一步渲染了笙声的奇妙撩人，还见出听者“寻声暗问”的专注情态，也间接表现出那音乐的吸引力。于是诗人动了心，由“寻声暗问”吹者谁，进而起身追随那声音，欲窥探个究竟。然而“重门深锁无寻处”，一墙之隔竟无法逾越，不禁令人于咫尺之地产生“天上人间”的怅惘和更强烈的憧憬，由此激发了一个更为绚丽的幻想。

“疑有碧桃千树花”，以花为意象描写音乐，“芙蓉泣露香兰笑”（李贺）是从乐声（如泣如笑）着想，“江城五月落梅花”（李白）是从曲名（《梅花落》）着想，而此诗末句与它们都不同，是从奏乐的环境着想。与前“隔彩霞”呼应，这里的“碧桃”是天上碧桃，是王母桃花。灼灼其华，竟至千树之多，是何等繁缛绚丽的景象！它意味着那奇妙的、非人世间的音乐，宜乎如此奇妙的、非人世间的灵境。它同时又象征着那笙声的明媚、热烈、欢快。而一个“疑”字，写出如幻如真的感觉，使意象给人以缥缈的感受而不致过于质实。

此诗三句紧承二句，而四句紧承三句又回应首句，章法流走回环中有递进（从“隔彩霞”到“碧桃千树花”）。它用视觉形象写听觉感受，把五官感觉错综运用，而又避免对音乐本身正面形容，单就奏乐的环境作“别有天地非人间”的幻想，从而间接有力地表现出笙乐的美妙，在“通感”运用上算得是独具一格。

调张籍

(唐)◎韩　愈

李杜文章在，光焰万丈长。不知群儿愚，那用故谤伤。蚍蜉撼大树，可笑不自量。伊我生其后，举颈遥相望。夜梦多见之，昼思反微茫。徒观斧凿痕，不瞩治水航。想当施手时，巨刃磨天扬。垠崖划崩豁，乾坤摆雷硠。唯此两夫子，家居率荒凉。帝欲长吟哦，故遣起且僵。剪翎送笼中，使看百鸟翔。平生千万篇，金薤垂琳琅。仙官敕六丁，雷电下取将。流落人间者，泰山一毫芒。我愿生两翅，捕逐出八荒。精诚忽交通，百怪入我肠。刺手拔鲸牙，举瓢酌天浆。腾身跨汗漫，不著织女襄。顾语地上友，经营无太忙。乞君飞霞佩，与我高颉颃。

韩愈（768—824），字退之，河南河阳（今河南孟县）人，郡望昌黎。德宗贞元八年（792）登进士第，任节度推官，其后任监察御史等职。十九年因触怒权臣，贬阳山令。宪宗即位，量移江陵府法曹参军。元和元年（806）召拜国子博士。十二年从裴度讨淮西有功，升任刑部侍郎。十四年因谏迎佛骨贬潮州刺史。次年穆宗即位，召拜国子祭酒。长庆二年（822）转吏部侍郎、京兆尹。卒谥文。有《昌黎先生集》。

中唐时期，诗坛上王维、孟浩然、元稹、白居易的诗曾风靡一时，而李白、杜甫的诗作反而不被重视，甚至遭到元稹等人的贬抑。韩愈这首《调张籍》就是一篇为李、杜诗歌作定评的诗论。

这篇古风共分三段：前六句为第一段，以议论总括全诗，高度赞美了李白、杜甫诗歌的成就，并抨击了“群儿”的“愚蠢”。“李杜文章在，光焰万丈长”，开篇直点主旨，用形象的比喻为李、杜诗歌（文章）作千古定评。韩愈在《感春四首》其二中

亦云："近怜李杜无检束，烂漫长醉多文辞。"《酬司门卢四兄云夫院长望秋作》："远追甫(杜甫)白(李白)感至诚"等，都表现了他对李白、杜甫其人其诗的无比崇敬。但张籍、元稹等人却扬杜抑李，诋毁李白。胡仔《苕溪渔隐丛话》载："元稹作李杜优劣论，先杜而后李，韩愈不以为然，作诗曰：'李杜文章在，光焰万丈长。'为微之发也。""群儿愚"当指以上诸人。韩愈把这种抑李之举比喻为"蚍蜉撼大树，可笑不自量"。

第二段从"伊我生其后"到"泰山一毫芒"，以大胆奇妙的想象，集中笔力写李杜诗歌的成就和自己对李白、杜甫的倾慕，慨叹李、杜的不幸遭遇，笔姿纵横开阖，腾挪万状，使人目眩神摇。"徒观斧凿痕"是说，只看见李白杜甫创作的诗文，却看不见他们是如何创作的，犹如看见夏禹治水开凿的痕迹，却见不到当时夏禹

治水所经历的艰难险阻和开掘的巧妙一样。这里不仅比喻李杜诗歌的造诣之精深，更见其天真自然，举手投足如挥摩天巨斧，有天崩地裂之声。接着用"帝欲长吟哦"等句，写上天想让他们长期作诗，便故意使其经受挫折和压抑，如禽鸟被剪掉羽毛关入笼中一样("剪翎送笼中"用祢衡《鹦鹉赋》"闭以雕笼，剪其翅羽"的典故，这里比喻有志不能申展)。尤其"平生千万篇，金薤垂琳琅。仙宫敕六丁，雷电下取将。流落人间者，泰山一毫芒"六句写李白、杜甫诗歌之多、之美，上天爱之，故诏遣六丁六甲神将下凡收取回天宫，流落在人间的仅仅是"毫芒"之于"泰山"，可见损失多么惨重！而韩愈的叹惋之情亦跃然纸上。诗人以浪漫主义手法，言李杜诗歌成就之高绝非凡品可匹，比喻生动，感情真挚，与开篇二句遥相呼应。

第三段从"我愿生两翅"到篇末，写诗人已进入了李杜诗歌那千奇百怪的诗境，寻踪追逐到八方荒远之地，腾身到无边无际的空间，酌取天宫美酒。韩愈回视

人间的老友张籍，希望张籍与他一道学习李杜诗歌的光辉精神，以流霞为佩饰，共同驰骋于广阔的天宇之中，不要在那里冥思苦想，惨淡经营，雕章寻句。这说明，韩愈在探索、寻觅李杜诗歌创作上已进入了最高境界。“百怪”、“鲸牙”、“天浆”、“汗漫”、“飞霞”等词，实际上是比喻李白、杜甫诗歌笼络万象、境界高迈、意境优美，其手法异乎常人。

韩愈和张籍是很好的朋友，张籍由水部员外郎而升国子博士再转国子司业，皆得力于韩愈之推荐。这首诗的题目前冠以“调”字，就说明他和张籍的关系不一般。在这首诗中，韩愈讲了应当怎样正确认识李杜和评价李杜。张籍在“乐府诗”的创作上与王建齐名，白居易评他：“尤工乐府诗，举代少其伦。”元稹和白居易继张籍而起，在推动“新乐府运动”的发展方面是有功绩的。元稹和张籍都站在现实主义立场去观察社会、同情劳动人民，这无疑是正确的。他们用现实主义的眼光去观察杜甫，杜甫之伟大自然不会被忽略。但用同样的眼光去观察另一位伟大的浪漫主义诗人李白，就不合他们的口味。就像一个老诚持重、喜欢沉静的人，见了天真活泼的人、豪迈不羁的人总觉不那么顺眼一样，其自身爱好就决定了他客观事物的衡度的高下长短，所以结论自然有欠公允。其次，韩愈这首诗在表现技巧上的独到之处也颇值得今人学习借鉴。《调张籍》是一首论诗诗，写这种诗等于写“读后感”，很难写得形象生动。而这首诗却想象丰富、比喻生动、夸张大胆、构思新奇。诗人以雄健的笔力，巧妙地塑造了李白、杜甫的高大形象。尤其第二段中借“帝欲长吟哦，故遣起且僵。剪翎送笼中，使看百鸟翔。……仙宫敕六丁，雷电下取将”，以浪漫主义手法来歌赞李白、杜甫，是对“李杜文章在，光焰万丈长”的形象补充，因此，值得仔细玩味并付诸实践。

听颖师弹琴

（唐）◎韩 愈

昵昵儿女语，恩怨相尔汝。划然变轩昂，勇士赴敌场。浮云柳絮无根蒂，天地阔远随飞扬。喧啾百鸟群，忽见孤凤凰。跻攀分寸不可上，失势一落千丈强。嗟余有两耳，未省听丝篁。自闻颖师弹，起坐在一旁。推手遽止之，湿衣泪滂滂。颖乎尔诚能，无以冰炭置我肠！

颖师是来自天竺的僧人，盖以琴干长安诸公而求诗者，同时李贺亦有《听颖师弹琴歌》纪其事，作于元和六、七年（811—812）其为奉礼郎时。韩愈此诗作年亦相当。

诗分两段，前十句入手擒题，就“听”字摹写琴声。先状琴声袅袅而起，声音细小轻柔，如小儿女、小夫妻耳鬓厮磨，卿卿我我，其间夹杂些嗔怪之声，那其实不是嗔怪而是撒娇，充满柔情蜜意，曲尽琴声之妙。继写琴声骤转高亢，有金戈铁马之声，气势非凡。再写琴声再度转为轻柔，音色明快，令人想起风和日丽，晴朗的蓝天上飘浮着几片白云，空中飞舞着若干柳絮，越去越远，任情悠游。接着写琴声蓦然变成欢快，如闻百鸟啁啾，中有一只凤鸟高举，好像不肯与凡鸟为伍，正长啸求凰。末了琴声由欢快变为低沉，有如孤凤力尽，高得不能再高，忽然摧翅于中天，一跌千丈。

后八句紧接写听乐的感受，先作谦词，说自己不懂音乐，不能深析曲中奥妙。这是欲予故夺。然后说听了颖师的演奏，受到深深的感动。感动到何等程度呢？那就是对琴曲表现的情感旋律，发生了强烈共鸣，有点承受不了由此引起的激动。最后两句是说，我已经服了你了，让我心情平静一会儿吧。“冰炭置肠”比喻感情上（反差很大）的强刺激。

为什么诗人听琴会有这样强烈的反应，向来无人深究。诗中有“失势一落”之语，联系同一时期所作的《进学解》自叙为官经历是“跋前踬后，动辄得咎；暂为御史，遂窜南夷（指贬阳山令）；三年博士，冗不见治；命与仇谋，取败几时”，看来不会全无身世之感，不过不那么明显罢了。

此诗妙于摹写声乐，惟妙惟肖。它不但善于表现高低、强弱、刚柔不同的乐段间之悬殊和对比，而且能在高低、强弱、刚柔相近的乐段间辨出区别。如由低转高，勇士赴敌的雄壮就不同于孤凤高飞的清超，由高转低，絮飞云飘的悠闲就不同于长空坠鸟的惊险。

全诗在遣词造语上新奇妥帖，如“昵昵”、“划然”、“无根蒂”、“跻攀”、“冰炭”等语的运用，无论形容、描写都堪称入妙。在调声上，首二句用细声韵，“昵昵”、“女”、“语”、“尔”、“汝”音近，略显绕口，恰恰适合表现儿女情长的胶着状态；后即改用洪声韵，“昂”、“场”、“扬”、“凰”，与表现的高亢、阔远等境界同构。凡此俱见音情配合之妙。后八句的叙述，若对话然，从中见出了人的活动，则表现了韩愈“以文为诗”的特点。

清人方扶南（世举）说：“白香山江上琵琶，韩退之颖师琴，李长吉李凭箜篌，皆摹写声音至文。”（《李长吉诗集》批注）苏轼尝因章质夫家善琵琶者乞歌词，即取此诗稍加隐括，使就声律，为《水调歌头》以遣之：“昵昵儿女语，灯火夜微明。恩怨尔汝来去，弹指泪和声。忽变轩昂勇士，一鼓填然作气，千里不留行。回首暮云远，飞絮搅青冥。　　众禽里，真彩凤，独不鸣。跻攀寸步千险，一落百寻轻。烦子指间风雨，置我肠中冰炭，起坐不能平。推手从归去，无泪与君倾。”

与原作比较，此词有点捉襟见肘。欧阳修、苏轼又以为此诗是听琵琶诗，谓韩愈未深得琴趣者。此后诸家复就此辨诬，成为一桩公案。皆可见其影响深远。

读张籍古乐府

（唐）◎ 白居易

张君何为者？业文三十春；尤工乐府诗，举代少其伦。为诗意如何？六义互铺陈。风雅比兴外，未尝著空文。读君《学仙》诗，可讽放佚君；读君《董公》诗，可诲贪暴臣；读君《商女》诗，可感悍妇仁；读君《勤齐》诗，可劝薄夫淳。上可裨教化，舒之济万民；下可理情性，卷之善一身。始纵青衿岁，迨此白发新，日夜秉笔吟，心苦力亦勤。时无采诗官，委弃如泥尘。恐君百岁后，灭没人不闻。愿藏中秘书，百代不湮沦；愿播内乐府，时得闻至尊。言者志之苗，行者文之根。所以读君诗，亦知君为人。如何欲五十，官小身贱贫？病眼街西住，无人行到门！

白居易（772—846），字乐天，晚号香山居士，又号醉吟先生，下邽（今陕西渭南）人。先世本龟兹人，汉时赐姓白氏。德宗贞元十六年（800）登进士第，十九年中书判拔萃科，授秘书省校书郎。宪宗元和十年（815）一度被贬江州司马。晚年以太子宾客分司东都，武宗会昌二年（842）以刑部侍郎致仕。有《白居易集》。

白居易最早主张文学必须为政治服务，反映人民疾苦，提出了“文章合为时而著，歌诗合为事而作”的口号，反对六朝以来的吟风咏月之作。其《秦中吟》十篇、《新乐府》五十篇及叙事诗《长恨歌》、《琵琶行》最为有名，是脍炙人口的不朽杰作。这首《读张籍古乐府》的诗，通过对张籍古乐府的解读和评价，生动地表现了白居易的创作主张。

白居易在这首诗中，首先从张籍诗歌创作的历史入手，说他尤其擅长乐府诗，赞其有唐一代很少有人与之伦比，认为张籍继承了《诗经》“风雅”的现实主义传统，从不空发议论。接着以其《学仙》诗、《董公》诗、《商女》诗（已佚）、《勤齐》诗为例，说读了他的《学仙》诗，可以讽谕那些放荡淫佚、不理朝政的君王；读了他的《董公》诗，可教诲那些贪鄙暴戾的大臣；读了他的《商女》诗，可感化那些凶悍泼顽的妇女；读了他的《勤齐》诗，可规劝那些薄情寡义的丈夫。总之，“上可裨教化”，“下可理情性”。张籍一生从青年伊始到“白发”罩顶，日夜秉笔，辛勤耕耘，才有今天的成就。可惜当时没有专门的“采诗官”加以收集，无法出版，如泥土一样被“委弃”。白居易担心张籍百年之后，这些好诗会被湮没沦丧，所以他愿意将其收藏并在宫廷传播，使最高统治者从中听见黎民百姓的呐喊之声。

这首诗的重点在于赞美张籍的诗内容充实，言之有物，揭露现实，鞭辟入里。之所以能如此，这和张籍的身世有着密切的关系。张籍出身贫穷而居官卑微，仅作过太常太祝和水部员外郎，终于国子监任。他对现实高度关心，对劳动人民有深切的同情。这些思想，在他的诗歌——特别是乐府诗的创作中，表现得尤为突出。

言为心声，诗歌是语言艺术，语言是展示诗作者心灵的一面镜子。一个思想卑微、人格低下的人是绝对写不出格高境美之佳作的。诗格即人格，“言者志之苗，行者文之根。所以读君诗，亦知君为人”。这里白居易明确地指出，语言是思想之苗，而行为则是为文之根本。正如他在《与元九书》中以生动的比喻说思想感情如同诗歌之“根”，语言艺术如同诗歌之“苗”，音韵节奏如同诗歌之“花”，所表达的主题和产生的社会意义则是诗歌之“果”（“根情、苗言、华声、实义”）一样，没有真情实感是不能长出茂盛的诗歌之苗、开出绚丽的诗歌之花、结出丰硕的诗歌之果的。唐代是诗的黄金时代，但一部《全唐诗》也不过五万多首，而今天的诗人和诗歌数量，远远超过了唐代，但有多少诗能和唐诗比美呢？可能是少之又少。究其原因，除了写作技巧而外，最根本的原因是没有真情实感，不能甚至不敢站在人民的立场对社会上的丑恶现象加以鞭挞，把握不好歌颂与鞭挞的“度”，所以做起诗来，政治性强的免不了标语口号，不愿触击现实者往往只能写成展示技巧的自我陶醉品。

寄唐生

（唐）◎ 白居易

贾谊哭时事，阮籍哭路歧。唐生今亦哭，异代同其悲。唐生者何人？五十寒且饥。不悲口无食，不悲身无衣。所悲忠与义，悲甚则哭之。太尉击贼日，尚书叱盗时。大夫死凶寇，谏议谪蛮夷。每见如此事，声发涕辄随。往往闻其风，俗士犹或非。怜君头半白，其志竟不衰。我亦君之徒，郁郁何所为。不能发声哭，转作乐府诗。篇篇无空文，句句必尽规。功高虞人箴，痛甚骚人辞。非求宫律高，不务文字奇。惟歌生民病，愿得天子知。未得天子知，甘受时人嗤。药良气味苦，瑟淡音声稀。不惧权豪怒，亦任交朋议。人竟无奈何，呼作狂男儿。每逢群盗息，或遇云雾披。但自高声歌，庶几天听卑。歌哭虽异名，所感则同归。寄君三十章，与君为哭词。

这首诗以贾谊和阮籍二人之哭起兴，引出“唐生”与之“异代同悲”。西汉贾谊因不满社会中的丑恶现象，在《陈政事疏》中评当时政务说：“可为痛哭者一，可为流涕者二，可为长太息者六。”而魏国著名诗人阮籍，因不满司马氏的黑暗统治，每次驾车出行，前路不通则痛哭而回。“唐生”，河南荥阳人唐衢，乃白居易《新乐府》的最早知音。“唐生今亦哭”，他“哭”什么？“不悲口无食，不悲身无衣”，所哭者和贾谊、阮籍一样，“忠与义”耳！太尉段秀实以笏击叛臣朱泚被害，他哭；尚书颜真卿因出使淮西被叛唐节度使李希烈所害，他哭；大夫陆长源被宣武军所害，他哭；谏议大夫阳城因反对奸相裴延龄而遭贬谪，他哭。每哭则涕泪俱下。一些见识浅薄的人闻之颇不以为然，而白居易则怜其人“头半白，其志竟不衰”，爱国爱民之心老而不衰。在这里，白居易塑造了一个关心国事民情、疾恶如仇的清平知识分子形象。

该诗的重点在后半段。白居易说自己也是“唐生”一样满腔热血的男儿，他们有着共同的思想基础，交谊颇深。但他“不能发声哭，转作乐府诗。篇篇无空文，句句必尽规”。他做诗“非求宫律高，不务文字奇。惟歌生民病，愿得天子知”。纵然“未得天子知”，甚至被亲朋嗤笑，被既得利益者排挤，他也无所畏惧。

在中唐时期，格律诗已经定型，这是前人在创作中历数百年之经验积累而开出的绚丽之花，结出的丰硕之果，也是中国诗坛的一次大飞跃。但在该诗中，白居易明确表示：“非求宫律高，不务文字奇。”不以格律诗这种律对工整、音韵铿锵的形式作诗，也不追求语言的华美新奇，其目的是“惟歌生民病，愿得天子知”。他要将人民的疾苦写入诗中，让最高统治者得以知晓。因此，他的“新乐府”采取了一种通俗、平易的语言和不拘一格、自由洒脱的形式，写出“凡有井水处，皆能歌白诗”的广为流传的作品。白居易把他的“新乐府”作为一剂救世良药。“良药苦口利于病”，但究竟能否治社会之弊病，这就要看病者是闻病则喜、遍求济世良方呢，还是闻病则悲，乃至讳疾忌医了。

《寄唐生》和《与元九书》可以说是属于用不同体裁而阐述同一观点的姊妹篇，它们都深刻而充分地表达了白居易的创作主张。首先是言必有物，不著空文；其次是歌生民之病，直指社会弊端；再次是爱憎分明，敢于面对各方面的指责和压力。仅此，已足以成为千秋万世文学创作者之师表。

从全诗结构来看，开篇以“哭”引起，终篇以“哭”作结，唐生“悲甚则哭之”，而白居易则长歌当哭。此二人所哭形式不同，却为同一目的而哭，首尾照应，作到了形式和内容的高度统一。

夜筝

(唐)◎ 白居易

紫袖红弦明月中，自弹自感暗低容。弦凝指咽声停处，别有深情一万重。

本篇可视为《琵琶行》的一个很精妙的缩本，如果撇开乐器的差别不论的话。

“紫袖”、“红弦”，分别是弹筝人与筝的代称。以“紫袖”代弹者，与以“皓齿”代歌者、“细腰”代舞者(李贺《将进酒》)一样，选词造语甚工。“紫袖红弦”不但暗示出弹筝者的乐妓身份，也描写出其修饰的美好，女子弹筝的形象宛如画出。“明月”点“夜”。“月白风清，如此良夜何”？倘如“举酒欲饮无管弦”，那是不免“醉不成欢”的。读者可以由此联想到浔阳江头那个明月之夜的情景。

次句写到弹筝。连用两个“自”字，不是说独处，而是旁若无人的意思。它写出弹筝者已全神倾注于筝乐的情态。“自弹”，是信手弹来，“低眉信手续续弹”，得心应手；“自感”，则见弹奏者完全沉浸在乐曲之中。唯其“自感”，方能感人。“自弹自感”把演奏者灵感到来的一种精神状态写得惟妙惟肖。旧时乐妓大抵都有一本辛酸史，诗中的筝人虽未能像琵琶女那样敛容自陈一番，仅“暗低容”三字，已能使人想象无穷。

音乐之美本在于声，可诗中对筝乐除一个笼统的“弹”字几乎没有正面描写，接下去却集中笔力，写出一个无声的顷刻。这无声是“弦凝”，是乐曲的一个有机组成部分；这无声是“指咽”，是如泣如诉的情绪上升到顶点而作暂停的状态；这无声是“声停”，而不是一味的沉寂。正因为与声情攸关，它才不同于真的无声，因而听者从这里获得的感受是“别有深情一万重”。

诗人就是这样，不仅引导读者发现了奇妙的无声之美(“此时无声胜有声”)，更通过这一无声的顷刻去领悟想象那筝曲的全部的美妙。

《夜筝》全力贯注的这一笔，不就是《琵琶行》“冰泉冷涩弦凝绝，凝绝不通声暂歇。别有幽愁暗恨生，此时无声胜有声”一节诗句的化用么?

但值得注意的是，《琵琶行》得意的笔墨，是对琵琶乐本身绘声绘色的铺陈描写，而《夜筝》所取的倒是《琵琶行》中用作陪衬的描写。这又不是偶然的了。清人刘熙载说“绝句取径深曲”，“正面不写写反面，本面不写写背面、旁面，须如睹影知竿乃妙”(《艺概》)。尤其涉及叙事时，绝句不可能像叙事诗那样把一个事件展开，来一个铺陈始末，因此对素材的剪裁提炼特别重要。诗人在这里对音乐的描写只能取一顷刻，使人从一斑见全豹。而“弦凝指咽声停处”的顷刻，就有丰富的暗示性，它类乎乐谱中一个大有深意的休止符，可以引起读者对“自弹自感”内容的丰富联想。诗从侧面落笔，的确收到了“睹影知竿”的效果。

吊白居易

（唐）◎ 李 忱

缀玉联珠六十年，谁教冥路作诗仙？浮云不系名居易，造化无为字乐天。童子解吟长恨曲，胡儿能唱琵琶篇。文章已满行人耳，一度思卿一怆然。

李忱（810—859），即唐宣宗，宪宗第十三子。初名怡，即位日改名忱。穆宗长庆元年（821）封光王，武宗会昌六年（846）即位，改元大中，在位13年，卒谥文献。《全唐诗》存诗6首。

李忱即唐宣宗，他即帝位后，“精于听断”，国家得到治理，“十余年间，颂声载路”，史称“虽汉文、景不足过也”。宣宗不仅具有政治才能，也颇爱好诗歌，“每曲宴，与学士倡和，公卿出镇，多赋诗饯行”（《全唐诗》）。他对白居易尤为敬重。据唐代孟棨《本事诗》：“白尚书姬人樊素，善歌；妓人小蛮，善舞。尝为诗曰：‘樱桃樊素口，杨柳小蛮腰。’年既高迈，而小蛮方丰艳，因为杨柳之词以托意，曰：‘一树春风万万枝，嫩于金色软于丝。永丰坊里东南角，尽日无人属阿谁？’及宣宗朝，国乐唱是词，上问谁词，永丰在何处，左右具以对之。遂因东使，命取永丰柳两枝，植于禁中。白感上知其名，且好尚风雅，又为诗一章，其末句云：‘定知此后天文里，柳宿光中添两枝。’”但就在宣宗即帝位后五个月，即会昌六年八月，七十五岁高龄的白居易不幸溘然长逝，宣宗不胜悲悼，以一往深情，写下了这首《吊白居易》。

诗篇一开始就对白居易的诗作推崇极高，对诗坛上这颗巨星的陨落表示了深切的惋惜之意。“缀玉联珠六十年”，是说白居易在诗歌创作中经历了漫长的岁月，献出了毕生的精力。现存白居易诗中最早的一首是《赋得古原草送别》，为应考习作，作于贞元三年（787），时年十六，到会昌六年（846）逝世，正好六十年。其实，据白居易《与元九书》所说，“及五六岁，便学为诗”，则他的诗歌创作活动尚不止六十年。像他这样很小就从事诗歌创作，一生长期坚持不懈的诗人，在唐代和之前的历史上也并不多见。诗中说“六十年”，满含着赞叹之意。特别是以珍珠、美玉来比喻他的诗，不仅对他几十年的创作成绩给予了充分的肯定，而且表示了由衷的赞美。像这样一位成绩斐然的伟大诗人，忽然辞世，怎不叫人万分痛惜呢？所以下句接着说：“谁叫冥路作诗仙？”上一句平平叙起，这一句即以问句承接，其中充满着痛悼的深情，蕴藏着丰富的含义。一方面，表现出作者对老臣的依依不舍之情：自己刚即帝位不久，正要利用万机之暇，来和这位敬仰已久的老诗人切磋诗艺，谁知竟然来不及见面，就奄然去世了。“谁教”二字，饱含着对其突然逝世的惊愕和对老臣的无限爱惜。另一方面，作者也隐然以白居易的“知音”自命，表现出对伟大诗人的理解和爱护。白居易在《与元九书》中谈到自己“连朝接夕”地勤苦作诗时说：“知我者以为诗仙，不知我者以为诗魔。”作者在诗句中明确肯定他是“诗仙”，就说明自己对白居易毕生勤苦作诗，以充分发挥诗歌对政治教化的作用，是完全理解的，而且是钦佩和赞扬的。这种理解，出自帝王之心并形之于文，真是难能可贵。

中间两联，作者从老诗人的思想性格和诗歌成就两个方面，作了极为中肯的评价，字里行间洋溢着深情厚爱。

“浮云不系名居易，造化无为字乐天”这一联着重在赞扬白居易不计名利、随

遇而安、乐观旷达的思想性格。上一句使人联想到白居易年轻时谒见成名诗人顾况的情景："乐天未冠，以文谒顾况，况睹姓名，熟视曰：'长安米贵，居大不易。'及披卷读其《芳草诗》（按即《赋得古原草送别》）至'野火烧不尽，春风吹又生'，叹曰：'我谓斯文遂绝，今复得子矣，前言戏之耳。'"（《全唐诗话》卷二）同时，也使人联想到诗人一生多次遭贬、坎坷终生的情景。他像浮云一样，飘然不定，但又无处不悠然自得，专心从事诗歌创作。这是什么原因呢？是因为他认识到"无为"是自然的规律，以"乐天"为字而自勉。"无为"、"知足"思想，是道家思想的核心，也是李唐王朝极力提倡的思想。而白居易一生特别是后期，处在宦官专权和牛李党争的激烈的政治旋涡之中，更感到消极处世、避祸全身的必要。因此，他在仕途中不汲汲于进，却志在于退。陈寅恪先生在《白乐天之思想行为与佛道关系》中说，白居易"外虽信佛，内实奉道"，其思想"一言以蔽之曰'知足'。'知足'之旨，由老子'知足不辱'而来。盖求'不辱'，必知足而始可也"，此为"乐天安身立命之所在"。这一联对白居易的思想分析得十分深刻，但这种"分析"却不是发抒议论，而是客观地写出他的名和字，构思十分巧妙。两句对仗工稳，绝无造作之痕，真是天然妙合。

"童子解吟长恨曲，胡儿能唱琵琶篇"这一联着重赞美白居易在诗歌创作上取得的非同一般的巨大成就。不过，这种赞美却不是泛泛评论，而是挑出他的两篇代表作，进行形象而高度的概括。《长恨歌》和《琵琶行》，是白居易诗歌中最负盛誉的两篇叙事抒情长诗，它们以曲折婉转的层次，细致生动的描写，平易精妙的语言和含蓄深刻的思想，在当时和后世产生了巨大而深远的影响。虽然篇幅较长，但不少人却能背诵和歌唱。《与元九书》中说："及再来长安，又闻有军使高霞寓者，欲聘倡妓，妓大夸曰：'我诵得白学士《长恨歌》，岂同他妓哉？'由是增价。"

其流传情况，于此可见一斑。诗中说“童子解吟”，则成人和文人学士更不论矣；而“胡儿能唱”，则国内的传唱就更为广泛了。并且，白居易的叙事抒情长诗都能如此广泛流传，那么，那些为数极多的精致的短章如《新乐府》、《秦中吟》之类，就自然也脍炙人口了。

在对白居易的思想、诗歌作了评价之后，作者在最后一联中，以满腔激情对全诗作了总括性的结束，流露出悠远无尽的哀思。“文章已满行人耳”，好像是对逝者的安慰。白居易在《与元九书》中说：“自长安抵江西，三四千里，凡乡校、佛寺、逆旅、行舟之中往往有题仆诗者，士庶、僧徒、孀妇、处女之口每每有咏仆诗者。”作者在这里点到此事，寄托深沉的哀痛。因为诗人的作品至今仍然广泛地传唱人口，每当作者听到所唱诗歌的时候，就自然想到了溘然逝去的伟大诗人，所以最后说“一度思卿一怆然”，心中充满着无穷的凄怆之情。这一句与“谁教冥路作诗仙”相照应，把作者的思念之情和悲悼之意，表达得更为深入，充满着动人的情意。

这首诗在风格上与白居易的诗歌十分相似，平易浅切而又精妙异常。特别是那种亲切蔼然的气度，尤为感人。按理说，凡帝王悼念臣下的诗文，居高临下，容易写得矜持做作，但此诗却迥然不同，如友人存问，如亲朋相吊，娓娓动人。这原因首先是由于他的性格比较平和。《旧唐书》说他“与群臣言，俨然煦接，如待宾僚，或有所陈闻，虚襟听纳”，表现出谦逊的态度。其次，他在即位之前的艰难处境与白居易的坎坷经历颇有共通之处，二人深自韬晦的思想又很接近，这就使得他能更好地理解白居易，生发出更多的同情之心，因而写得情真意挚，读来亲切感人。

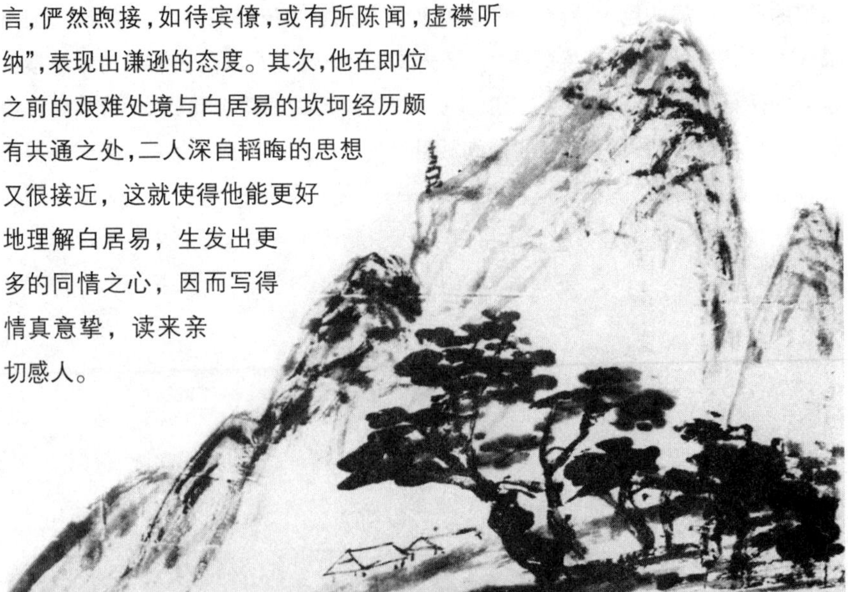

屏风绝句

（唐）◎杜　牧

屏风周昉画纤腰，岁久丹青色半销。斜倚玉窗鸾发女，拂尘犹自妒娇娆。

周昉是约早于杜牧一个世纪，活跃在盛唐、中唐之际的画家，善画仕女，精描细绘，层层敷色，头发的勾染、面部的晕色、衣着的装饰，都极尽工巧之能事。相传《簪花仕女图》就是他的手笔。杜牧此诗所咏的"屏风"上当有周昉所作的一幅仕女图。

"屏风周昉画纤腰"，"纤腰"二字是有特定含义的诗歌语汇，能给人特殊的诗意感受。它既是美人的同义语，又能给人以字面意义外的形象感，使得一个亭亭玉立、丰满而轻盈的美人宛然若在。实际上，唐代绘画雕塑中的女子，大都体型丰腴，并有昉画美人多肥的说法。倘把"纤腰"理解为楚宫式的细腰，固然呆相；若硬要按事实改"纤腰"作"肥腰"，那就更只能使人瞠目了。

说到"画纤腰"，尚未具体描写，出人意外，下句却成"岁久丹青色半销"，——由于时间的侵蚀，屏风人物画已非旧观了。这似乎是令人遗憾的一笔，但作者却因此巧妙地避开了对画中人作正面的描绘。

"荷马显然有意要避免对物体美作细节的描绘，从他的诗里几乎没有一次偶然听说到海伦的胳膊白，头发美——但是荷马却知道怎样让人体会到海伦的美"（莱辛《拉奥孔》）。杜牧这里写画中人，也有类似的手段。他从画外引入一个"鸾发女"。据《初学记》，鸾为凤凰幼雏，"鸾发女"当是一贵家少女。从"玉窗"、"鸾发"等字，暗示出她的"娇娆"之态。但斜倚玉窗、拂尘观画的她，却完全忘记她自个儿的"娇娆"，反在那里"妒娇娆"（即妒嫉画中人）。"斜倚玉窗"，是从少女出神的姿态写画中人产生的效果，而"妒"字进一步从少女心理上写出那微妙的效果。它竟能叫一位妙龄娇娆的少女怅然自失，"还有什么比这段叙述能引起更生动的美的印象呢？凡是荷马（此处请读作杜牧）不能用组成部分来描写的，他就使人从效果上去感觉

杜牧（803—852），字牧之，京兆万年（今陕西西安）人。宰相杜佑之孙。文宗大和二年（828）登进士第，登贤良方正能直言极谏科，授弘文馆校书郎。同年应沈传师之辟，为江西团练巡官，后随沈赴宣州。七年应牛僧孺之辟，在扬州任淮南节度府推官，转掌书记。九年回京任监察御史，后分司东都。开成中回京任左补阙，转膳部、比部员外郎，皆兼史职。武宗会昌二年（842）后出为黄州、池州、睦州等地刺史。宣宗大中二年（848）擢司勋员外郎，转吏部员外郎，四年复守池州。五年入为考功员外郎、知制诰，次年为中书舍人。有《杜樊川集》。

到它。诗人呵，替我把美所引起的热爱和欢欣(按:也可是妒嫉)描写出来，那你就把美本身描绘出来了”(《拉奥孔》)。

从美的效果来写美，《陌上桑》中就有成功的运用。然而杜牧《屏风绝句》依然有其独创性。“来归相怨怒，但坐观罗敷”，是从异性相悦的角度，写普通人因见美人而惊讶自失；“拂尘犹自妒娇娆”，则从同性相“妒”的角度，写美人见更美者而惊讶自失。二者颇异其趣，各有千秋。此外，杜牧写的是画中人，而画又是“丹青色半销”，可它居然仍有如此魅力(诗中“犹自”二字，语带赞叹)，则周昉之画初成时，曾给人何等新鲜愉悦的感受呢！这是一种“加倍”手法，与后来王安石“低回顾影无颜色，尚得君王不自持”(《明妃曲》)的名句机心暗合。它使读者从想象中追寻画的旧影，比直接显现更隽永有味。

漫成五首(录二)

(唐)◎ 李商隐

其　一

沈宋裁辞矜变律，王杨落笔得良朋。当时自谓宗师妙，今日惟观对属能。

李商隐(813—858)，字义山，号玉溪生。祖籍怀州河内(今河南沁阳)，自祖父起迁居郑州(今属河南)。九岁丧父，从堂叔学习古文。大和三年(829)为令狐楚辟为幕僚。开成二年(837)登进士第。三年入泾原节度使王茂元幕，且入赘王家。为牛党中人所忌，致使仕途蹭蹬，长期辗转于幕府。有《李义山集》。

李商隐的《漫成》诗共五首。所谓“漫成”，即信手写成，有感而发，没有特定题目的作品，颇似今日之杂感一类。

据《旧唐书》记载：“建安后讫江左，诗格屡变。至沈约、庾信以音韵相婉附，属对精密。及宋之问、沈佺期又加靡丽。回忌声病，约句准篇，如锦绣成文，号为沈、宋。”齐梁以来，已有人创作了不少律对工整的诗，这里说“沈宋裁辞吟变律”，主要是指沈佺期、宋之问二人继承了沈约、庾信等人注重音韵、讲求对仗的传统，并创造性地在律诗的音韵、黏对等方面加以总结、提高，使律诗的形式更加完美。人格即诗格，由于沈佺期、宋之问二人在政治上依附权势，媚上邀宠，所以其作品大多内容空泛，无可取之处。他们仅仅是在律诗的形式发展上立了功。“王杨”，实代指王勃、杨炯、卢照邻、骆宾王四人。“良朋”，良匹也，即可以匹配、比肩之人。李商隐认为，王、杨、卢、骆四人在当时的诗坛上被誉为“四杰”，沈、宋二人则被视为“宗师”，在今天看来，只不过是“属对”的高手罢了。

从这里可以看出，李商隐主张作诗应注重内容。宋之问、沈佺期虽然在诗歌形式上屡有变化，而在诗歌的内容上却没有突破性的变化。格律固然重要，但那只是一种表现形式，内容决定形式，形式只能是为内容服务的工具。律对再工，形式再美，内容空泛，言之无物，不能给读者之心灵以启迪、震撼的作品，肯定是没有生命力的。就如一位美人，外表艳丽动人，而腹内空空如也，甚至思想肮脏不堪，这样的美人谁喜欢？写诗也一样，有了好的内容，再去选择与之相适应的表现形式(或诗或词)，必然能够求得内容与形式的高度统一，写出具有永恒生命力的作品。

其　二

李杜操持事略齐，三才万象共端倪。集仙殿与金銮殿，可是苍蝇惑曙鸡。

这首诗是对李白、杜甫的诗才、人品做的总评价。历代对李白、杜甫的评价褒贬不一，或扬李抑杜，或扬杜抑李，各凭所好。而李商隐继韩愈之后能持论公正地评价这两颗盛唐诗坛上的“双子星座”，足见其卓见不凡。诗人在表达他对这两位伟大诗人的景慕、崇敬之情的同时，还鞭挞了戕害人才的社会现实，寄托了自身的不幸遭遇，用意至为深沉。梁章钜《退庵诗话》列举李白诸诗如《赠杨山人》“待吾尽节报明主，然后相携卧白云”，《赠卫尉张卿》“成功拂衣去，摇曳沧洲旁”，《赠韦秘书》“终与安社稷，功成去五湖”，《登谢安墩》“功成拂衣去，归入五陵源”等后曰：“其意总欲先有所树立于时，然后拂衣还山，登真度世。此与少陵之一饭不忘何异？以此其名万古，良非无因。李义山云‘李杜操持事略齐’，盖知李、杜者，固莫如义山也。”

该诗首句是说，李白、杜甫每提笔作诗，他俩的才华都在伯仲之间，可以并驾齐驱。“三才”（天道、地道、人道）、“万象”（自然界之万事万物、一切景象）皆在他们的笔下呈现端倪。李白于天宝初被唐玄宗召入宫中，诏对于金銮殿，曾有一时之宠幸，后因于沉香亭奉诏作《清平调三章》遭诬而被“赐金还山”。杜甫于天宝十年献《三大礼赋》，被玄宗召入宫中，待制集贤殿。但恰如报晓雄鸡，无论他们的理想如何，那些嗡嗡的苍蝇（即“群小”）们总是担心他们，妒忌他们，并想方设法加以中伤。“才大难为更堪怜”，这是古往今来的通病。李白如此，杜甫如此，李商隐未必不是如此。所谓“不遭人妒是庸才”是也。

以此观之，该诗伤李、杜而旨在自伤耳！

草书屏风

（唐）◎韩　偓

何处一屏风？分明怀素踪。虽多尘色染，犹见墨痕浓。怪石奔秋涧，寒藤挂古松。若教临水畔，字字恐成龙。

韩偓（844—923），字致尧，一作致光，小名冬郎，号玉山樵人。京兆万年（今陕西西安）人。昭宗龙纪元年(889)登进士第。官至中书舍人、吏部侍郎。有《玉山樵人集》、《香奁集》。

“屏风”是室内挡风或作为障蔽的用具，为美观计，上面一般都绘有图画或写有文字，所以它在实用中还有审美的艺术价值。这首诗看似咏“屏风”，实际上是咏“屏风”上的字，即怀素的草书。它“通过生动精辟的语言形式，极其深刻地描述了怀素草书的飞动气势和苍劲形象，以及它那无穷的生命力，是为唐人论书名篇之一”（洪丕谟《书论选读》）。

怀素，字藏真，湖南长沙人。原姓钱，幼年便出家当了和尚。生卒年月不可考，活动当在公元八世纪，即唐代中叶。他曾师事张旭、颜真卿等著名书法大师，勤奋好学，后遂以狂草知名，兴到运笔，如骤雨急旋，随手万变，而合乎法度，成为一代大师。他的草书在当时知名度就很高，到后来，他的书迹更为人所宝，虽片纸只字，亦价值连城。他留存下来的墨迹有《自叙帖》、《苦笋帖》、《食鱼帖》和《千字文》等，皆系草书，有影印本传世。其中尤以狂草《自叙帖》最为著名。

怀素的草书到了韩偓所在的晚唐、五代，愈来愈为世所珍。韩偓本人不仅精于诗歌，对书法也有一定造诣。据宋代《宣和书谱》卷十载：“考其（指韩偓）字画，虽无誉于当世，然而行书亦复可喜。尝读其《题怀素草书诗》（按即《草书屏风》）云云，非潜心字学，其作语不能追此。后人有得其《石本诗》以赠，谓字体遒丽，辞句清逸。”由于韩偓本人对书法有爱好和研究，因而他对怀素遗留在屏风上的草书墨迹表示了极大的兴趣。“何处一屏风？分明怀素踪”，一开始就以问句陡起，好像十分激动地在问主人：“您从哪里得到的这个屏风啊？”惊喜万分之态，溢于言外。而且紧接着就立刻判定，这分明是怀素的笔迹（“踪”是踪迹，这里指笔迹）！这充分说明他平时对书法极为留心，尤其是对怀素的草书风格十分熟悉，如故人相遇，一眼便认了出来。接下来，作者在惊喜中对屏风上的整幅墨迹作了审视："虽多尘色染，犹见墨痕浓。"前一句从"尘色染"中，见出墨迹流传已久，古色古香，弥足珍贵；但由于长期辗转流传，字幅上浸染了尘色，有些斑驳，诗人在极端爱惜中似乎也流露出一丝惋惜之意。后一句说虽然染上了很多尘色，但还是可以看见那浓黑的墨迹。从"墨痕浓"三字中，仍然满含着诗人的惊喜爱惜之情。这里一个"浓"字，生动地描述出怀素草书中那种笔酣墨饱、痛快淋漓的特色，已经把整幅字中体现的风格和意境初步传达给了读者，十分形象而又准确。

前四句一句一转，"何处"、"分明"、"虽多"、"犹见"，在转折中步步顿宕，峰回路转，引人入胜，作者的惊喜之情在诗行中不停地跃动，但又显得一气贯通，流转自如，其欢欣的情绪，犹如一条活泼的小溪，在曲折中畅流而下。这四句显得极为自然，完全是一片真情的流露，读来仿佛如见当时情状。到后四句，作者采用比喻的手法，对字幅中的点画作了具体描述，把这一高度抽象的艺术，十分具体、形象地再现在读者面前，而且深得怀素书法的特点，使人叹赏不已。

"怪石奔秋涧，寒藤挂古松"这两句先是从点画来赞美怀素书法的苍劲有力。前一句是说怀素草书中的点，好像怪石正在向秋涧奔走。这一比喻形象奇特，但却由来有自。晋代卫夫人《笔阵图》说，点要如"高峰坠石，磕磕然实如崩也"。这里在"石"前加一"怪"字，就表明它不同一般，体现出怀素草书的"狂"的特色。在"怪石"与"秋涧"间着一"奔"字，充分表现了草书中"点"画在映带时那种迅疾有力的动势，十分生动。后一句是说怀素草书中竖和弧钩笔画，真像枯藤（即"寒藤"）挂在古松上。这个比喻又从欧阳询来。欧阳询《八诀》说，竖要如"万岁之枯藤"，弧钩

要如“劲松倒折，落挂石崖”。“藤”、“松”已有劲健意味，再用“寒”、“古”来形容，就更具苍劲之感。两句中虽只点出点、竖和弧钩这些个别笔画，但却在怀素草书中具有代表性，其他笔画概可想见，那种中锋运笔时饱满、刚劲、浑厚的效果，鲜明地显现出来。而且，这些“怪石奔秋涧，寒藤挂古松”的点画，构成了狂放、豪纵的整幅气度，无一字不飞动，无一字不活泼，体现了生动的气韵。这是书法作品中很难达到的高妙境界。这屏风上生动的草书，激动着诗人的心，不禁生出奇妙的想象：“若教临水畔，字字恐成龙。”如果把屏风搬到水边，每个字恐怕都要化成龙，游到水中去了。这一想象更为奇特，但也并非无来处。古人把写草书比为“笔走龙蛇”，如李白《草书歌行》：“时时只见龙蛇走，左盘右蹙如惊电。”因为笔画的盘绕曲折，有如龙蛇迅速有力的游动。从这个比喻中，可见怀素草书是何等的笔势夭矫、生动活泼，显现了旺盛的活力。另外，古人常以“龙跳天门，虎卧凤阙”来比喻“书圣”王羲之的字，这里也隐然以怀素比王羲之，可见推许之高。“恐”字不仅有估计的意思，也还有怕它真化为龙，从水中飞走，因而失去这珍贵难得的字幅的意思，有一种风趣的意味隐含其中，曲折委婉地表达了对怀素草书遗墨的万分宝爱之情，使前四句那种惊喜神情一直贯穿到末尾，全诗洋溢着充沛的激情。

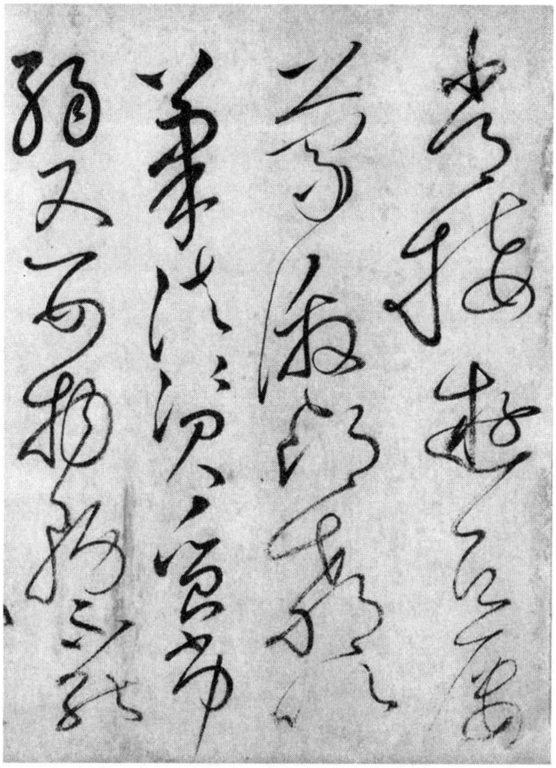

诗人从屏风写起，然后写怀素草书，写怀素草书又先表现整体感觉，然后再以形象的笔墨作具体的描述，全诗层层深入，步步引进，最后又以神奇的想象结尾，留下回味不尽的余意，并和篇首暗中照应，在章法上显得谨严、完整，表现出精心的安排。特别是形象的生动描写，激情的强烈抒发，使全篇荡漾着盎然诗意，语语动人心弦，具有很强的艺术感染力。

七爱诗·白太傅居易

（唐）◎ 皮日休

吾爱白乐天，逸才生自然。谁谓辞翰器，乃是经纶贤。欻从浮艳诗，作得典诰篇。立身百行足，为文六艺全。清望逸内署，直声惊谏垣。所刺必有思，所临必可传。忘形任诗酒，寄傲遍林泉。所望标文柄，所希持化权。何期遇訾毁，中道多左迁。天下皆汲汲，乐天独怡然。天下皆闷闷，乐天独舍旃。高吟辞两掖，清啸罢三川。处世似孤鹤，遗荣同脱蝉。仕若不得志，可为龟镜焉。

皮日休（834?—883?），字逸少，后改袭美，襄阳（今属湖北）人。早隐鹿门山，自号间气布衣、醉吟先生等。懿宗咸通七年（866）举进士不第，退居寿州（今安徽寿县），自编诗文为《皮子文薮》。八年始及第。十年为苏州军事判官。僖宗乾符二年（875）任毗陵副使。黄巢军入江浙，劫以从军，为翰林学士。《全唐诗》存诗9卷。

皮日休《七爱诗并序》中指出："负逸气者，必有真放焉，以李翰林为真放；为名臣者，必有真才，以白太傅为真才焉。""白太傅"即白居易。在这首诗中，皮日休对白居易的思想品格、生平遭际和诗歌成就都作出了中肯的评价。

白居易是中唐伟大的现实主义诗人，其文学才华举世皆知。但皮日休却说他并非"辞翰器，乃是经纶贤"，认为白居易的政治品格和能力更胜过他的文学才华。当然，皮日休对于白居易在文学上积极倡导新乐府运动，主张"文章合为时而著，歌诗合为事而作"的功绩，是给予了充分肯定和很高评价的。白居易诗多讽谕，切中时弊，所以皮日休将其比之为《尧典》、《大禹谟》、《汤诰》、《伊训》一类为了国家，不顾安危、冒死直谏的"誓命之文"，说白居易"立身百行足，为文六艺全。清望逸内署，直声惊谏垣。所刺必有思，所临必可传"。"百行"指兼有多方面美好的品行。《三国志·魏书·王昶传》说："夫孝敬仁义，百行之首，行之而立，身之本也。"说的是行为乃一个人的立身之本。有了美好的品行，兼有"六艺"（汉以前指"礼、乐、射、御、书、数"，汉以后指儒家的六种经典《诗》、《书》、《易》、《礼》、《乐》、《春秋》。该诗指出是"为文"，显然是属后者）的才能，白居易的人品、诗才由此便可想而知了。

白居易在《与元九书》中说道："仆志在兼济，行在独善。奉而始终之则为道，言而发明之则为诗。谓之讽谕诗，兼济之志也；谓之闲适诗，独善之义也。"

"文柄"，考选文士的权柄。"化权"，指化权星，为掌判生杀之神。和唐代很多知识分子一样，白居易有着极强的建功立业意识。他与元稹合撰的七十五篇《策林》，其实是政治短论，"内容涉及了当时社会各方面问题，其中如反对横征暴敛、主张节财开源、禁止土地兼并、批评君主过奢等等，都反映了他们对社会的责任感和对政治的参与热情"（章培恒、骆玉明著《中国文学史》）。但也由于他的政治热情得罪了权贵，从而遭到当权者的诋誉毁谤（"訾毁"），被贬为江洲司马，落得

“左迁”的命运。但是，在人生道路极不顺畅时，白居易却能转向淡泊，“面上灭除忧喜色，胸中消尽是非心”(《咏怀》)。这一点也是许多知识分子所达不到的。所以作者认为值得赞誉。

诗的开头说白乐天“乃是经纶贤”——属治国之贤才，结束又说：“仕若不得志，可为龟镜焉。”在这里，皮日休还谈了两点。一是世界上没有单纯的诗人。诗人不能只是一个自我欣赏者，不能无病呻吟。诗人必须是一个有担当、有良知、有社会责任感的人。就像白居易写《新乐府》、写《秦中吟》、写《策林》那样，等闲名利，敢于暴露，敢于直谏，敢于为人民说话，即使被贬官杀头也无所畏惧。二是要提得起、放得下，能上能下，像白居易那样，在“天下皆汲汲”(追求富贵)的社会现实面前，他却“怡然”自得；在“天下皆闷闷”(因不得志而抑郁不乐)的时候，他却采取“舍旃(舍弃)。”即既不能得，不如舍之，过分执著，反而辛苦。把白乐天作为知识分子的一面镜子，这是皮日休对白居易的评价，也是作者自己的处世观。其实，自古以来，凡文章之大成者，大抵仕途不济。儒家的建功立业思想和道家的清净无为，这二者从来是矛盾而统一地附着在中国知识分子身上的。“建功立业”是为了“兼济天下”，“清净无为”是为了排除世俗的纷扰而得以“独善其身”。陶朱、留侯功成身退，遂为千古艳羡。但更多的时候，文人的“独善其身”则是出于无奈。魏晋名士如此，李白、杜甫亦如此。所以杜甫有“文章憎命达，魑魅喜人过”的慨叹。皮日休生活在晚唐，这一时期政治混乱，人民生活困苦，是以晚唐的文学作品中早已失去了盛唐时期开阔的眼界和博大的胸襟，而具有强烈的人民性和政治意识，充满了对世界的反思和反思后的苦闷。忧国忧民、蔑视独裁的民主思想开始萌发，并在文学创作上体现出强大的冲击力。皮日休正是其中的代表。鲁迅把皮日休比作“正是一塌糊涂的泥塘里的光彩和锋芒”，其比喻十分形象生动。皮日休无论从诗歌创作手法还是思想内容等方面，都沿袭了白居易的风格。对白居易，皮日休既惋惜又羡慕，但羡慕大于惋惜。比之皮日休身陷黄巢阵营无法脱身，最后死于非命而言，白居易的挫折甚至可以称得上是一种幸运。仕途虽已失意，却能在山水间安享一生，对于文人而言，也许这才是最好的归宿。

二十四诗品·雄浑

（唐）◎ 司空图

司空图（837—908），字表圣，自号知非子，又号耐辱居士。祖籍临淮（今安徽泗县）。懿宗咸通十年（869）登进士第。僖宗光启元年（885）为知制诰，拜中书舍人。朱温篡唐，召图为礼部尚书，不起。翌年闻哀帝被弑，不食而卒。有《司空表圣文集》、《司空表圣诗集》等。

大用外腓，真体内充。返虚入浑，积健为雄。具备万物，横绝太空。荒荒油云，寥寥长风。超以象外，得其环中。持之非强，来之无穷。

《二十四诗品》以老庄哲学为基础，兼及佛禅思想，论及了有关诗歌的二十四种不同意境的特有风格。其划时代的意义在于：诗歌艺术理论的研究，由过去的诗歌语言风格的研究转入了诗歌意境风格的研究。而作者文艺思想的表达，又是以诗的形式来表达的，这些作品本身，也能让人充分领略到“象外之象”、“味外之旨”、“韵外之致”等诗美。

“雄浑”，是指意境的雄壮和浑厚，而这种雄壮浑厚的意境美，是建立在老庄哲学“自然之道”的基础上的。诗人着笔便涉道家的“体用”之论。所谓“体用”，即本体和作用。“大用”，浩大之用；“腓”，变化；“真体”，本真之体，得道之体，合乎自然之道之体。浩大之用向外伸张而变化无穷，是因为自然之道充盈于内。返回太虚入于浑然一体的元气之中，则可积刚蓄健而形成雄壮的力量——这是“雄浑”美的哲学基础。于是，这“雄浑”之气可以囊括万物，可以横贯太空。其浑厚，像苍茫流动的云；其雄壮，像无边无际的长风——这是以意象形容“雄浑”意境的特点。做到了超然物象之外，掌握了自然之道的中枢，所秉持的不是人为的勉强（“持之非强”的“强”读上声），雄浑的诗意便会无穷无尽——任之自然便能无为而无所不为。

前人评论“此非有大才力大学问不能，文中唯庄、马，诗中唯李、杜，足以当之”。比较能代表“雄浑”意境风格的，恐怕要数李白的《梦游天姥吟留别》和杜甫的《观公孙大娘弟子舞剑器行并序》，二者描写的内容和表现的主题虽各不相同，但在意境上都浑然天成而气势磅礴。

二十四诗品·冲淡

(唐)◎ 司空图

素处以默,妙机其微。饮之太和,独鹤与飞。犹之惠风,荏苒在衣。阅音修篁,美曰载归。遇之匪深,即之愈希。脱有形似,握手已违。

“冲淡”,是一种冲和、淡逸的意境。要获得这种意境,则须平素处于一种“默”的状态。所谓“默”,即是指的静默无为、虚以待物,只有这样才能领悟宇宙万物微妙的机缘和变化——这是基于老庄哲学的静处、无欲基础之上的。接着,则以比喻的方式通过对意象的描绘来展示这种冲淡的意境——如饮冲和的真元之气后,与淡逸的孤鹤一同远飞;像那温暖和煦的春风吹过,轻柔地拂动着衣袂;又似聆听微风中修竹奇妙的天籁之音,顷刻间似乎与这种美的境界相与而归……最后则刻画这种冲淡意境的特点:偶然相遇时,并不十分清晰深邃,如果刻意去寻求,反倒十分渺茫了;即使(“脱”,若、即,表假设)形迹有些相似,一握手间却又与本愿相违——这冲淡之境原是只可神会的,如刻意去寻求其形迹,反倒南辕北辙了。

前人认为,“此陶元亮居其最。唐人如王维、储光羲、韦应物、柳宗元亦近之”。以王维的《鹿柴》为例:“空山不见人,但闻人语响。返景入深林,复照青苔上。”其境冲和淡逸而又若即若离,可神遇而难求其形迹也。

二十四诗品·高古

（唐）◎ 司空图

畸人乘真，手把芙蓉。泛彼浩劫，窅然空踪。月出东斗，好风相从。太华夜碧，人闻清钟。虚伫神素，脱然畦封。黄唐在独，落落玄宗。

“高古”，前人注释为“高则俯视一切，古则抗怀千古”，这应该是指的一种高超古朴的意境。此品前八句拟写真人与自然同化，并以“月”、“风”、“太华”、“清钟”等自然景观作进一步的衬托，用这样的意象来展示“高古”意境的风格。这里的“畸人”出自《庄子·大宗师》：“畸人者，畸于人而侔于天。”是指道家所谓得道的真人。真人乘着自然之真气冉冉上升，恰似李白所写的“素手把芙蓉，虚步蹑太清”。他在浩劫中沉浮，深远缥缈而不见踪迹。也就在这个时候，明月从东方的斗宿之上缓缓升起，柔美的和风也随之而轻轻荡漾。太华山在这月夜里显得格外的碧翠秀丽，此刻的人间似乎到处可以听见清亮的钟声……最后四句则是说如何才能在诗的意境中表现出这种“高古”的境界来，即以虚静的修养集聚精神以达到心灵境界的纯洁（“伫”，立，这里可引申为集聚；“神素”，纯洁的心灵世界），从而超脱于世俗的羁绊（“脱”，超脱；“畦封”，疆界），且专一地寄心于黄帝、唐尧那太古淳朴之世（“黄”，黄帝；“唐”，唐尧；“独”，独自，引申为专一），潇洒自然地追求那玄妙的宗旨（“落落”，潇洒自然；“玄宗”，玄妙的宗旨）——这样，令人感受高古的意境，似乎可意会而难以言传。

“高古”大约应该是作者的视角高超，所展示的意境广阔，且在意境中体现一种古拙素朴的色调。或许，李白的《关山月》可以令人感受这种“高古”的意境：“明月出天山，苍茫云海间。长风几万里，吹度玉门关。汉下白登道，胡窥青海湾。由来征战地，不见有人还。戍客望边邑，思归多苦颜。高楼当此夜，叹息未应闲。”

二十四诗品·典雅

（唐）◎ 司空图

玉壶买春，赏雨茆屋。坐中佳士，左右修竹。白云初晴，幽鸟相逐。眠琴绿阴，上有飞瀑。落花无言，人淡如菊。书之岁华，其曰可读。

“典雅”，这里的“典”应该是指庄重，雅”则是高雅的意思。根据此品所展示出的意境，典雅应该是指的道家顺应自然、超尘出俗、宁静淡泊的人生态度所体现出来的一种诗歌的意境风格。这里写的是一位“佳士”雅而不俗的环境及其生活情趣——用玉壶斟上一杯美酒（“春”，这里代指酒），坐在茅屋里欣赏着淅淅沥沥的春雨。陪坐在周围的是情趣相契的友人，还有那婆娑青翠的修竹。白云飘来，正是雨过天晴的好时辰，欢蹦乱跳的小鸟在林中嬉戏追逐。这时，在绿荫中枕琴而眠，凝望着山峰上飞流而下的瀑布。落花无声，人的心境像菊花一样的淡泊……最后两句是说，写下这最美好时光的其情其景（“岁华”，岁时、时光），吟诵起来是多么的惬意啊！

王维《辋川闲居赠裴秀才迪》应该是能够体现这种“典雅”的意境风格：“寒山转苍翠，秋水日潺湲。倚杖柴门外，临风听暮蝉。渡头余落日，墟里上孤烟。复值接舆醉，狂歌五柳前。”自然而素朴，宁静而淡泊，超脱于世俗之外，寄情于山水之中，展示了一种令人景仰的庄而不谐、雅而不俗的情趣。

二十四诗品·绮丽

（唐）◎ 司空图

神存富贵，始轻黄金。浓尽必枯，淡者屡深。雾余水畔，红杏在林。月明华屋，画桥碧阴。金尊酒满，伴客弹琴。取之自足，良殚美襟。

“绮丽”，华美艳丽。这里的“绮丽”，是一种具有富贵神韵的、同时又是非人为的、出自于天然的“绮丽”，故前四句旨在说明这种作为诗歌意境风格的“绮丽”的特点——富贵是体现在精神上的，而非物质、形迹上的，这样，“黄金”一样的物质、形迹上的富贵自然被看轻了。过于浓艳（如树叶绿到极致、花红到极致）必然导致枯槁，而淡泊自持却孕育着无尽的“绮丽”。下面，则以多种意象来展示这种“绮丽”的意境风格——像是余雾尚未散尽的水畔，鲜艳的红杏点缀着葱郁的树林；像是如银的月光映照着华美的房屋，秀丽的画桥被碧水绿荫所映衬；又像是捧着斟满美酒的金尊，陪伴着客人弹出悠扬婉转的琴声……这里，既有静景，也有动景，动静相宜，给人“绮丽”意境风格的形象感受。最后两句，进一步强调“绮丽”意境风格的得来，须“取之自足”，即须“神存富贵”而不假外求，这样就能“良殚美襟”了——“良”，很能够；“殚”，竭尽——也就是说能够竭尽“美襟”而舒畅怀抱了。

王直方《诗话》说：“晏叔原小词云：‘舞低杨柳楼心月，歌尽桃花扇底风。’晁无咎云：‘能作此语，定知不住三家村也。’”自然，这样的句子，三家村的冬烘先生是断然写不出的。又如李白的《清平调词》三首：“云想衣裳花想容，春风拂槛露华浓。若非群玉山头见，会向瑶台月下逢。”“一枝秾艳露凝香，云雨巫山枉断肠。借问汉宫谁得似，可怜飞燕倚新妆。”“名花倾国两相欢，长得君王带笑看。解释春风无限恨，沈香亭北倚栏干。”不仅能感受到富贵神韵的绮丽，而且直觉仙气逼人耳！

二十四诗品·自然

（唐）◎ 司空图

俯拾即是，不取诸邻。俱道适往，著手成春。如逢花开，如瞻岁新。真与不夺，强得易贫。幽人空山，过雨采蘋。薄言情悟，悠悠天钧。

"自然"，前人释为"自然则当然而然，不知其所以然而然"，其本意当然是指不事雕琢也无须太着意，顺其自然而已。不过，这里的"自然"却是以老庄哲学的"道法自然"、"无为自化"为其基础的。

前四句是对此"自然"含义的阐释——随手拈来、妙手偶得，无须刻意取之或假之于旁物。顺应了自然之道，则可着手成春。接着以意象展示这"自然"意境的风格——如遇见花儿自然开放，又好像是看见新的一年顺应四时变化的自然来临。于是，在进一步强调"俯拾即是"不会有所失、"取诸邻"者则会显得贫乏苍白而后，再作了意象展示——好像隐者自然地伫立在空寂的山中，很有点陶渊明"采菊东篱下，悠然见南山"的神韵；又好像雨过之后涉水，很自然地采摘那水面上漂浮的浮萍。最后两句则强调对上面的说明和譬喻有所"薄言情悟"的话，便会达到"悠悠天钧"的自然入化的境界——"薄言"是语助词，在这里没有实在的意义，"情悟"是因情而有所悟。"天钧"有两种解释，一说是指天上的音乐，另一说是指"自然均平之理"。

试读李白诗："床前明月光，疑是地上霜。举头望山月，低头思故乡"（《静夜思》），"秋风清，秋月明。落叶聚还散，寒鸦栖复惊。相思相见知何日，此时此夜难为情"（《三五七言》），"峨眉山月半轮秋，影入平羌江水流。夜发清溪向三峡，思君不见下渝州"（《峨眉山月歌》），"巴水急如箭，巴船去若飞。十月三千里，郎行几岁归"（《巴女词》），"两人对酌山花开，一杯一杯复一杯。我醉欲眠卿且去，明朝有意抱琴来"（《山中与幽人对酌》）——皆情动于中，取象自然，语出天籁也。

二十四诗品·含蓄

（唐）◎ 司空图

不著一字，尽得风流。语不涉难，若不堪忧。是有真宰，与之沉浮。如漉满酒，花时返秋。悠悠空尘，忽忽海沤。浅深聚散，万取一收。

所谓“含蓄”，应该有三个特征：一是语言简练，二是真意蕴藏于内而不显露于外，三是言虽尽而意无穷。这里的“不著一字”非是真的一字不著，而是以少少许胜多多许，以真意蕴藏于内而不显露于外的极简练的“言有尽而意无穷”的文字而尽显风流——首先强调文字的简练，也就是常说的言简意赅。紧接着强调“含蓄”意境的含而不露——题中欲写某事，而诗中则只字不言某事，却句句含谋事。如语句并不涉及艰难痛苦，却使人读来不堪其忧，也就是意在言外的意思。下面，则是从老庄哲学的角度来进一步阐释“含蓄”意境的特点。“真宰”，语出《庄子·齐物论》，指不以人的意志为转移的宇宙万物运行的内在规律，秉持这种“真宰”，宇宙万物之升降浮沉皆归于自然。而诗歌意境的“含蓄”也正是如此，非人力之所能强致，而是“是有真宰，与之沉浮”，呈现出自然的态势，好像漉酒一样，容器虽满，仍然渗漉不尽；又好像花开之时，遇到了秋寒，则寒而不露。然后再以空中之尘、海上之沤比喻“含蓄”意境的无穷无尽、变幻莫测，或浅或深，或聚或散，但归根结底，却要达到“万取一收”——即以一驭万的效果。

这里，可以举几首唐人的闺怨诗看看。李白《玉阶怨》：“玉阶生白露，夜久侵罗袜。却下水晶帘，玲珑望秋月。”金昌绪《春怨》：“打起黄莺儿，莫教枝上啼。啼时惊妾梦，不得到辽西。”张仲素《春闺》：“袅袅城边柳，青青陌上桑。提笼忘采叶，昨夜梦渔阳。”皆不言“怨”字，则其怨却浓郁深沉，读罢引人久久沉思。

二十四诗品·豪放

（唐）◎ 司空图

观化匪禁，吞吐大荒。由道反气，处得以狂。天风浪浪，海山苍苍。真力弥满，万象在旁。前招三辰，后引凤凰。晓策六鳌，濯足扶桑。

“豪放”，指诗歌意境所具有的一种豪迈狂放的风格。此品前四句旨在说明“豪放”的特点——洞察造化无所窒碍，而有吞吐“大荒”（广漠的海外之域）的宏伟气势。这种宏伟的气势又是根置于老庄哲学的所谓“自然之道”的，得“道”而能得“气”，得“气”方能表现出外在的狂放。此后八句，均是以意象来表现这种“豪放”意境的风格特点——像浪浪的天风之广漠，似苍苍的海山之壮阔。真力弥漫于内，万象列之于旁。前可招来日月星三辰，后可引来不与群鸟为伍的凤凰。早上鞭策着六鳌前行，晚上濯足在太阳升起的地方……

李白的诗，是以豪放著称于世的。读他的《蜀道难》、《梁甫吟》、《侠客行》、《把酒问月》、《庐山谣寄卢侍御虚舟》、《宣州谢朓楼饯别校书叔云》诸篇，大有包举宇内、吞吐大荒的气概，正如前人所形容的：“驭月乘风，指挥万象，咳吐丹砂……”

二十四诗品·精神

（唐）◎ 司空图

欲返不尽，相期与来。明漪绝底，奇花初胎。青春鹦鹉，杨柳楼台。碧山人来，清酒深杯。生气远出，不着死灰。妙造自然，伊谁与裁。

"精神"，是指诗歌的意境具有一种生命的活力，大约与今天所说的生动活泼有些相近，只是这种生动活泼非人力之所强为，而是基于老庄哲学的"自然之道"基础之上的。首二句是说这"精神"之所从来，文字较费解一点。所谓"欲返不尽"，是说精神本存于内，而反求之则将无穷无尽；"相期与来"，是说与之相期（即客观事物与主观期盼达到了物我两融），这"精神"便会自然而来。此后六句是以意象展示这"精神"意境的风格特点——如泛着涟漪的流水清澈见底，如奇异的花儿含苞欲放；如春光映照下的灵动的鹦鹉，如杨柳掩映着的亮丽的楼台；如青山隐逸处有客人造访，如清香的美酒斟满了深深的酒杯……后四句则强调达到这"精神"意境所必须把握的关键性的要领：一是"生气远出，不着死灰"——这生气远远而来，一点也不能沾染那《庄子·齐物论》中所说的"死灰"（"形固可使如槁木，而心固可使如死灰乎"）；二是"妙造自然，伊谁与裁"——这"精神"是对自然的一种神妙的再造，是不能由谁人为地予以裁度的。

例如王维的《山居秋暝》："空山新雨后，天气晚来秋。明月松间照，清泉石上流。竹喧归浣女，莲动下渔舟。随意春芳歇，王孙自可留。"真可谓"妙造自然"而"生气远出"了。

二十四诗品·缜密

（唐）◎ 司空图

是有真迹，如不可知。意象欲出，造化已奇。水流花开，清露未晞。要路愈远，幽行为迟。语不欲犯，思不欲痴。犹春于绿，明月雪时。

“缜密”，细致周密。但这里的“缜密”，不是指语词的辐辏紧密，而是诗歌意境所具有的一种得之于自然造化的细腻绵密的风格。此品开篇之首便强调的“真迹”，指的是传神的自然之迹，而非形似的人工之迹，其中似乎有不可知的奥妙，可意会而不可言传。正因为如此，在所要表现的意象将出未出之时，已经显示了自然造化的神妙。下面则以意象展示这种“缜密”意境的风格——好像绿水流淌，鲜花盛开，清新晶莹的露水还未消失时，到处是一团生气、一片浑然；又像是在幽邃的要路上缓缓行走，愈行愈远，慢慢欣赏着那变幻莫测的景致。最后则强调在营造这种“缜密”意境时，语言不要烦琐（“犯”，引申作烦琐），诗思不要滞涩（“痴”，引申作滞涩），要像春天生机勃然的一片绿色，像冬季月光映照着积雪的一片洁白。

仔细读读孟浩然的这首《夏日南亭怀辛大》：“山光忽西落，池月渐东上。散发乘夜凉，开轩卧闲敞。荷风送香气，竹露滴清响。欲取鸣琴弹，恨无知音赏。感此怀故人，中宵劳梦想。”可以明白地感受到，诗人由“山光”、“西落”、“池月”、“东上”之夜景着笔，紧接着便写“散发”、“开轩”之人“卧闲敞”而“乘夜凉”，再以“荷风”之“香气”、“竹露”之“清响”衬托氛围后，写“欲取鸣琴”、“恨无知音”的感慨，最后写“怀故人”之深沉情怀和“劳梦想”之辗转反侧的“中宵”，把诗歌的意蕴推向了极至——写景、记事、抒情，所展示的意境细腻绵密，生机勃然而又浑然天成，大约可以代表这种“缜密”的风格吧。

二十四诗品·疏野

（唐）◎ 司空图

惟性所宅，真取不羁。控物自富，与率为期。筑室松下，脱帽看诗。但知旦暮，不辨何时。倘然适意，岂必有为。若其天放，如是得之。

"疏野"，真率、狂放而不受任何羁绊，这里当然也是就诗歌的意境而言的。唯真性情之所在，则会获得一种不受任何羁绊的真率和狂放。那么，自然也就会随手拾物也自感富足，就会自始至终与真率和狂放相期相随。关于这种"疏野"的意境风格，此品作了这样的意象表达：像幽居的隐士结庐于苍翠的松树之下，脱下帽子，无拘无束地吟诵诗章。只知道日出日落的昼夜变化，却不管而今是何朝何代——倘若能如此闲适地怡然自得，又何必要追求什么作为呢？如果达到了像庄子"自然之乐"一样的"天放"（见《庄子·马蹄》篇）境界，也就很自然达到了"疏野"的艺术境地。

或许，王维的《竹里馆》可以体现"疏野"的意境："独坐幽篁里，弹琴复长啸。深林人不知，明月来相照。"在这里，令人感受到的是真率、狂放、无拘无束的"疏野"韵味，体悟到的是一种天人合一、境与心泯的"自然之乐"。

二十四诗品·清奇

（唐）◎ 司空图

娟娟群松，下有漪流。晴雪满汀，隔溪渔舟。可人如玉，步屧寻幽。载瞻载止，空碧悠悠。神出古异，淡不可收。如月之曙，如气之秋。

“清奇”，清丽奇异。此品全以意象展示“清奇”意境的风格，先写清奇之境——娟秀的松林之下，流淌着涟漪荡漾的清流；晴晖映照着汀洲上的皑皑白雪，溪水的对岸停泊着一叶渔舟。次写清奇之人——可意的人儿如玉一般的纯洁美丽，踏着登山的木屐去寻觅那幽秘的佳境。她边走边看，不时地驻步凝望，那蓝天碧岑让她感受到无穷无尽的空灵。最后写清奇之神——神韵古拙而奇异，淡泊的襟怀悠远而不可收。像月儿刚升起时浅淡的清晖，像高爽的云气回荡在深秋。

前人认为此“清奇”意境“如晋之鲍陆陶谢，尚矣。在唐人中亦唯韦柳为擅场”。“鲍陆陶谢”指鲍照、陆机、陶潜、谢朓，“韦柳”则是指韦应物、柳宗元。这里兹举柳宗元的《江雪》为例：“千山鸟飞绝，万径人踪灭。孤舟蓑笠翁，独钓寒江雪。”千山万径，无鸟影亦无人迹，唯“孤舟蓑笠翁”独钓于雪白水寒的清江之上，“清奇”之境可感受却难以言传也。

二十四诗品·委曲

（唐）◎ 司空图

登彼太行，翠绕羊肠。杳霭流玉，悠悠花香。力之于时，声之于羌。似往已回，如幽匪藏。水理漩洑，鹏风翱翔。道不自器，与之圆方。

“委曲”，委婉曲折的意思。人们常说“文似看山不喜平”，诗歌的意境亦当如此。在这一品中，“委曲” 的意境风格是用这样的意象来展示的——攀登那太行山，绿树萦绕着羊肠小道。缥缈的雾霭里流淌着弯弯曲曲的绿水（“流玉”，流水之意），到处是悠远绵长的馥郁的花香。用力之时须恰倒好处，声音应像羌笛一样悠扬。好像是一往无前，却又不知不觉已经回转；似乎幽暗蒙昧不明就里，却又明明白白地展现在眼前。水的纹理漩洄起伏，大鹏翱翔时凌驾的羊角风扶摇盘旋……最后则强调：“道不自器，与之圆方。”“道”，自然之道（这里指合于自然之道的“委曲”的意境），本是不受拘束和限制的，像无形的水一样，无论外在的“器”怎么样，皆能随圆就方而圆融无碍。

不妨以张九龄《望月怀远》来说明这种“委曲”的意境：“海上生明月，天涯共此时。情人怨遥夜，竟夕起相思。灭烛怜光满，披衣觉露滋。不堪盈手赠，还寝梦佳期。”清辉月满，天涯与共，本是良辰美景，接下来不是写欢快的人和事，却是有情人怀远的无尽幽怨和长夜里难以自抑的相思。然而，笔锋一转，夜深了，还在月光下徜徉，这皎洁如银的月色又委实使人欢愉、爱恋而流连忘返，直到有些寒意披上衣服时才感到夜露的湿润。于是，意境再作一顿宕，自然又想到了远方的人儿，可惜这美好的月色不能手捧相赠，那么，还是回到屋子里，在梦中求得相聚的佳期吧……在委婉曲折的意境发展过程中，把“望月怀远”的情思书写得淋漓尽致。

二十四诗品·悲慨

（唐）◎ 司空图

大风卷水，林木为摧。适苦欲死，招憩不来。百岁如流，富贵冷灰。大道日丧，若为雄才。壮士拂剑，浩然弥哀。萧萧落叶，漏雨苍苔。

“悲慨”，是一种因悲愤而感慨的意境。首二句和末二句分别展示的是两种不同的“悲慨”意象——一是悲而壮：大风卷起巨浪，林木为之摧折；一是悲而凄：萧萧落叶飘舞，漏雨滴落苍苔。中间的八句则是先写为一己之私的“悲慨”：值苦痛欲死之时，寻片刻的慰藉而不能；人生百年如同流水般转瞬即逝，繁华富贵而今已化作了一片冷灰。次写为天下之公的“悲慨”：大道日渐沦丧，谁是挽狂澜于既倒的雄才？壮士抚剑叹息，浩然的气概中弥漫着悲哀。

表现这种“悲慨”意境的，不妨以杜甫的《春望》“国破山河在，城春草木深。感时花溅泪，恨别鸟惊心。烽火连三月，家书抵万金。白头搔更短，浑欲不胜簪”和李商隐的《风雨》“凄凉宝剑篇，羁泊欲穷年。黄叶仍风雨，青楼自管弦。新知遭薄俗，旧好隔良缘。心断新丰酒，销愁斗几千”为例，前者表现的是“为天下之公”的“悲而壮”的“悲慨”，后者则表现的是“为一己之私”的“悲而凄”的“悲慨”。

二十四诗品·形容

（唐）◎ 司空图

绝伫灵素，少回清真。如觅水影，如写阳春。风云变态，花草精神。海之波澜，山之嶙峋。俱似大道，妙契同尘。离形得似，庶几斯人。

"形容"，应该说是对诗歌意境的一种绘声绘色的描摹和刻画。作为诗歌意境风格的"形容"，这里强调了对意境的描摹和刻画应重在神似而非形似。前四句是说在描摹刻画对象时，要保存其灵气和本色，使之呈现出清纯本真的自然面貌，就像是寻觅水中的清影，描摹阳春的美景。首二句费解一点。"绝"，极、尽；"伫"，待、凝；"灵"，灵气、灵性；"素"，本质、本色。"绝伫灵素"是说竭力凝聚其灵气和本色。"少"，稍稍、少许时间；"回"，回复、呈现；"清真"，清纯本真。"少回清真"是说很快就能呈现出清真的面貌。中间四句是以意象展示"形容"意境的风格特点——变幻无常的风云、生机勃然的花草、波澜起伏的大海、嶙峋遒劲的山石——旨在强调诗歌境界所体现出的态势和精神。最后四句则重在强调"形容"须与"自然之道"相契——前面所说的一切，都和大道相似，妙合着老子所说的"同尘"（《老子》："和其光，同其尘，湛兮似或存。""同尘"，意为万物一体的自然之道）之旨。能离开具象而达到神似者，差不多就是得"形容"真髓的人了。

这里，不妨以刘禹锡的《乌衣巷》为例："朱雀桥边野草花，乌衣巷口夕阳斜。旧时王谢堂前燕，飞入寻常百姓家。"诗中写到"桥"、"野草花"、"巷口"、"夕阳"、"堂前燕"、"百姓家"等诸多具象，却并未细腻地去描摹和刻画这些景致，而是通过对这些具象的大致勾勒，传达了一种源于这些具象而又远在这些具象之外的一种神韵，即历史的沧桑感和对人生无常的慨叹。

二十四诗品·飘逸

（唐）◎ 司空图

落落欲往，矫矫不群。缑山之鹤，华顶之云。高人惠中，令色絪缊。御风蓬叶，泛彼无垠。如不可执，如将有闻。识者已领，期之愈分。

“飘逸”，超凡脱俗、俊逸潇洒的诗歌意境。“飘逸”虽也强调“超凡脱俗”，但与“超诣”不同的是，“飘逸”骀荡着杳渺空灵的仙气，似乎把人带进了远离凡尘的神仙境界。此品如是说：“落落”（潇洒自然、豁达开朗）然而随意前行，“矫矫”（独立特行）然不与凡俗同群。像那缑山（在今河南境内。据《列仙传》：“周王子乔好吹笙，作凤凰鸣，后告其家曰：‘七月七日待我于缑氏山头。’及期，果乘白鹤，谢时人而去。”）上的仙鹤，像那华山顶上的白云。飘洒出尘的高人顺遂着自然的心态（“惠”，顺；“中”，心）、美好的气色混同于宇宙中的元气而弥漫蒸腾。乘着风驾着一片蓬叶，漂浮于太空的浩瀚无垠。漂浮不定而不受执控，似乎将要听见大道的奥秘之音。有识见者早已领悟，刻意追求却难以如意称心。

“飘逸”一品，古往今来，唯太白足以当之，兹举《庐山谣寄卢侍御虚舟》为例：“我本楚狂人，凤歌笑孔丘。手持绿玉杖，朝别黄鹤楼。五岳寻仙不辞远，一生好入名山游。庐山秀出南斗傍，屏风九叠云锦张。影落明湖青黛光，金阙前开二峰长。银河倒挂三石梁，香炉瀑布遥相望。迴崖沓障凌苍苍。翠影红霞映朝日，鸟飞不到吴天长。登高壮观天地间，大江茫茫去不还。黄云万里动风色，白波九道流雪山。好为庐山谣，兴因庐山发。闲窥石镜清我心，谢公行处苍苔没。早服还丹无世情，琴心三叠道初成。遥见仙人彩云里，手把芙蓉朝玉京。先期汗漫九垓上，愿接卢敖游太清。”

这是李白流放夜郎遇赦后，隐于庐山，寄给侍御卢虚舟的一首诗。整首诗表现了诗人因时不我与而欲归隐山林的思想。“五岳寻仙不辞远，一生好入名山游”，他对从前的不幸似乎毫不在意。在这里李白用一支飘逸、豪迈的笔，表现了一个飘逸、豪迈的诗人形象。

二十四诗品·旷达

（唐）◎ 司空图

生者百岁，相去几何。欢乐苦短，忧愁实多。何如尊酒，日往烟萝。花覆茆檐，疏雨相过。倒酒既尽，杖藜行歌。孰不有古，南山峨峨。

“旷达”，开朗达观，这本是道家所主张的一种人生态度，体现在诗歌的意境里便是本品所说的“旷达”。如何理解这“旷达”的意境？本品如是说：人生不过百年的光阴，算算逝去的岁月已有几多？苦于欢乐的时光太短，忧愁反倒实在太多。倒不如对着酒杯，天天去欣赏那风烟弥漫的花木藤萝。花木掩映着草庐的茅檐，任疏落的雨被微风吹过。杯中的酒既已喝尽，又手扶杖藜行吟高歌。人生谁没有作古的一天，只有葱郁的南山永远是那么巍峨。

不妨以李白的《月下独酌》来说明“旷达”的意境：“花间一壶酒，独酌无相亲。举杯邀明月，对影成三人。月既不解饮，影徒随我身。暂伴月将影，行乐须及春。我歌月徘徊，我舞影零乱。醒时同交欢，醉后各分散。永结无情游，相期邈云汉。”诗人独酌于花间月下，举杯邀月，对影而成三人。或歌或舞，自得其乐。什么人生苦短，什么功名富贵，统统抛之于脑后。虽“暂伴月将影，行乐须及春”，却要“永结无情游，相期邈云汉”——充分展示了一种“旷达”的意境。

二十四诗品·流动

(唐)◎ 司空图

若纳水輨，如转丸珠。夫岂可道，假体如愚。荒荒坤轴，悠悠天枢。载要其端，载同其符。超超神明，返返冥无。来往千载，是之谓乎。

“流动”，指的是具有流畅圆润的动感美的诗歌意境。此品把这种流动之美比喻为像水在水车(“水輨”，即水车)里流动，像圆珠那样不停地转动。前者是纵向地动，后者是转圜地动。但又同时指出，这种“流动”是言语“岂可道”的？如果认为是水车或圆珠这样的“假体”在动，就未免太愚蠢了。诗人旨在说明这种“流动”是事物本体性质的自然表现，而非人为所致。所以下文说到茫茫大地、悠悠天空的运转，是因为地有“坤轴”，天有“天枢”。如能寻其源，识其本根，则似高超的神明般的变化莫测，而归于寂静的“冥无”(静到极处的一种境界)——旨在说明动静亦是相对而言、相互转化的。于是，千秋万载，永无止息，不正是此“流动”之所谓吗？

仔细体悟这“流动”意境之美，重在“自然”二字。或许可以杜甫《闻官军收河南河北》为例来感受这种“流动”意境之美吧：“剑外忽传收蓟北，初闻涕泪满衣裳。却看妻子愁何在，漫卷诗书喜欲狂。白日放歌须纵酒，青春作伴好还乡。即从巴峡穿巫峡，便下襄阳向洛阳。”读来流畅自然、婉转圆润，一气呵成而又余味不尽。

传神悦躬上人

（宋）◎ 梅尧臣

梅尧臣（1002—1060），字圣俞，宣州宣城（今属安徽）人。少时应进士不第。历任州县官属。皇祐初赐进士出身，授国子监直讲，官至尚书都官员外郎。曾预修《唐书》。有《宛陵先生文集》。

握中一寸毫，宝匣百链金。监貌不监道，写形宁写心。古人固不识，今人或所钦。依然见其质，俨尔恨无音。子诚丹青妙，巧夺造化深。妍媸必尽得，幻妄恐交侵。

悦躬上人是与梅尧臣同时代的一位长于丹青的高僧，其画以“传神”为特点，故被人们称之为“传神悦躬上人”。梅尧臣这首诗，落笔便盛赞悦躬上人握在手中的“寸毫”之笔好比藏于“宝匣”之中的“百链金”，接着以议论的方式——“监貌不监道，写形宁写心”，既简明地指出了上人作画的特点，也道出了中国古代艺术创作所具有的独特的艺术论和审美观。这里的“监”应该是和“鉴”相通吧，即照镜子的意思；“道”，在这里指人的内在精神和品质。可以用镜子照出一个人的面貌，却照不出他内在的精神和品质如何。那么，由此推论到作画，当然也就与其“写”其“形”，而毋宁“写”其“心”了——也就是作者所推崇的“传神”之意。这在古人未必能认识到，而在今天，会有人（“或”，有人、有的人）不仅认识到，而且会表现出无比的钦佩和欣赏。当然，这“传神”也不是意味着忽略“监貌”和“写形”，而是“依然见其质”，其“貌”其“形”依然逼真（“俨尔”，即逼真的意思），甚至逼真到恨不能听到他的声音。接着再次赞扬上人“子诚丹青妙，巧夺造化深”后，提出了一个更深层次的问题——“妍媸必尽得，幻妄恐交侵”，如果“妍”（美）和“媸”（丑）不加以简择而都无一例外地全部表现出来，则恐怕会造成“幻”（幻惑）与“妄”（荒诞）的迭相侵凌——这就是说，在讲究“传神”的同时，还得注重中国文化传统所强调的“载道”的问题。

古人认为诗画同源，这首论画的诗，其实也表达了梅尧臣对诗歌创作的一种主张——作诗当然也应以“传神”和“载道”为上。

读邵不疑学士诗卷

（宋）◎ 梅尧臣

作诗无古今，唯造平淡难。譬身有两目，了然瞻视端。邵南有遗风，源流应未殚。所得六十章，小大珠落盘。光彩若明月，射我枕席寒。含香视草郎，下马一借观。既观坐长叹，复想李杜韩。愿执戈与戟，生死事将坛。

这首赠杜挺之的诗，集中体现了梅尧臣强调继承《诗经》传统，提倡“平淡”艺术境界的诗歌创作主张。“作诗无古今，唯造平淡难”，显然是针对宋初诗坛注重形式、堆砌典故、追求辞藻华美的“西昆”浮艳诗风提出的针锋相对的主张。所谓“平淡”，指的是不事雕琢、不追求华美，无论写景、记事或抒情，皆出之以自然、朴素的语言，而又饱含着深刻的思想和丰富的感情。梅尧臣以“譬身有两目，了然瞻视端”来比喻这种“平淡”的意境和风格，他说好像用两只眼睛，很自然地向前方看去，目之所及，情之所感，即是物我两融的充满诗意的境界。不仅如此，他还强调了“平淡”必须继承《诗经》的传统——“邵南有遗风，源流应未殚”，“邵南”，即《召南》，《诗经》十五国风之一，这里代指《诗经》；“殚”，竭尽。《诗经》素朴、平淡、自然之遗风犹在，其源远流长，并未竭尽，当得以继承和发扬。“所得六十章”应该是指诗人所读的“邵不疑学士诗卷”，盛赞其承《诗经》之遗绪，“六十章”诗草圆润如“小大珠落盘”，不仅如此，还焕发“光彩若明月”而“射我枕席寒”。最是诗人把“邵南”和邵不疑巧妙地结合在一起，圆转自然而不露痕迹。一个“寒”字当作谦辞看，意为自愧不如而有些窘迫。下面就此承转，系诗人自道心志之所趋。“含香视草郎”当为诗人自谓，“含香”，《通典·职官四》：“尚书郎口含鸡舌香，以其奏事答对，欲使气息芬芳也”；“视草”，古代词臣奉旨修正诏谕一类公文，称作“视草”——梅尧臣曾任尚书都官员外郎。“下马一借观”是说他悉心恭读“邵不疑学士诗卷”而深得借鉴之启发。从而观毕（“既观”，已经看完）乃因（“坐”，因）之而起长叹，由此更想到了李白、杜甫、韩愈在诗坛上的建树。于是立下了“愿执戈与戟，生死事将坛”的誓愿，决心为扭转绮靡浮华的“西昆”诗风、继承《诗经》传统而开创“平淡”意境风格而有所作为。

事实上，梅尧臣躬身力行自己的诗歌主张，在北宋的诗文革新运动中的确作出了杰出的贡献。他与欧阳修、苏舜钦齐名，常被并称为“梅欧”或“苏梅”，刘克庄在《后村诗话》中称之为宋诗的“开山祖师”。

论诗吟

(宋)◎邵　雍

何故谓之诗？诗者言其志。既用言成章，遂道心中事。不止炼其词，亦抑炼其意。炼词得奇句，炼意得余味。

邵雍（1012—1077），字尧夫，其先范阳人，父徙共城，雍徙河南。曾从李之才受象数之学。富弼、司马光、吕公著等退休洛中，皆与往来。有《皇极经世》、《观物内外篇》等。

什么是“诗”？对此古人早有明确的解释：“诗言志，歌永言。”诗是人们用发自内心的语言写出的一种最能表达自己思想感情的文字。这是孔老先生在两千多年前所做的结论。

邵雍是北宋时期一代易学宗师，他不仅对易学有高深的研究，著有《皇极经世》、《伊川击壤集》等，对诗的理解也有其独到之处。在这首《论诗吟》中，他首先借古人的论断对“诗”作了解释，并指出：“诗”即是语言的结晶，言为心声，诗言其志，因此，“诗”必须要自“心”中流出，要有真情实感，“道心中事”，说肺腑言，绝不能无病呻吟，隔靴搔痒。为此就必须做到“炼词”、“炼意”。任何美好的诗句都需要反复锤炼。李白被历代论家誉之为“天才”，难道他的诗都是信手拈来，一蹴而就？我想，并非如此。请看李白在《大鹏赋·序》中写他青年时期“因著《大鹏遇希有鸟赋》以自广，此赋已传于世，往往人间见之。悔其少作，未穷宏达之旨，中年弃之”，“遂更记忆”，在原来的基础上改为《大鹏赋》，“多将旧本不同”。可见，任何一篇好

的作品，都需要反复锤炼。写诗如炼剑，譬如干将、莫邪，不在炉火中反复锤炼，是绝不能成为与日月争辉的千古绝伦之至宝。

“炼词得奇句，炼意得余味”，这两句的意思是说，只要反复锤炼语言，就会出现奇思妙句，增强诗歌的形象美和表现力；反复琢磨诗歌的谋篇布局和意境、主旨(“炼意”)，就会使之余味无穷，具有撼人心魄的艺术力量。中唐诗人孟郊曾有“吟安一个字，拈断数颈须”和“两句三年得，一吟双泪流”的感叹。这正好道出了做诗的艰难。与孟郊同时的贾岛以“鸟宿池边树，僧敲月下门”的“敲”或“推”而入迷，走在大街上还在摇头晃脑，做着“推”、“敲”的动作，于是“推敲”一词便成为“炼词”、“炼意”的代名词。北宋王安石《泊船瓜洲》一诗中“春风又绿江南岸”一句中的“绿”字，可以说是承担起了炼词、炼意的双倍功能。据说王安石曾先后用了“到”、“过”、“入”、“满”等十多个字，但都不满意，最后改为“绿”字。吴汝煌说：“‘绿’则开拓一层，从春风吹过以后产生的奇妙效果着想，从而把看不见的春风转换成鲜明的视觉形象——春风拂煦，百草始生，千里江岸，一片新绿。这就写出了春风的精神，诗思也更加深沉得多了。”从而把王安石第一次罢相后再次起用的心情表现得淋漓尽致。

十余年前本人登江油大匡山李白读书台曾写过一首《大匡山李白读书台感赋》：“古祠书院已成灰，喜有桃花岁岁开。匡麓长留读书处，先生白首为归来。”后来总觉得这不是诗。它既无新意，又无意境，老生常谈，不能给人以美的享受，只能算着一首“格律溜”。“匡山书院”是清末龙安太守蒋德钧在李白少年读书的匡山大明寺旁修建起来的，其规模之宏大，享誉海外。惜乎“大跃进”的熊熊烈火将之化为灰烬。今天，江油在打李白牌，谁来为李白招魂重建？于是我将这首诗改为：“古祠书院已成灰，无主桃花三两开。何日重逢贤太守，春风再染读书台？”这样写，不仅把读书台今日荒凉、冷落表现了出来，而且也表达了一种期盼、一种深沉的感叹，也增加了全诗的意境美。

谈诗吟

（宋）◎邵　雍

诗者人之志，非诗志莫传。人和心尽见，天与意相连。论物生新句，评文起雅言。兴来如宿构，未始用雕镌。

《谈诗吟》属《论诗吟》的姊妹篇。前一首为五言古风，这一首属五言律诗；前一首是就"炼词、炼意"而言，而这一首则是从"兴会"和"宿构"来谈的。

该诗仍然从诗的社会功能入手，并指出真正的诗人，必须作到"人和心尽见，天与意相连"，"人和心尽见"指"人"与"心"的融会贯通。邵雍是著名易学家，曾创先天之学，独成一派。他对道家思想和佛禅文化都有深入研究。道家崇尚自然，主张"天人合一"。邵雍说，"心为太极"(《击壤集·自余吟》)，还说，"万化万物，生乎心也"(《皇极经世》)。在作者眼里，"人"仅仅是一个躯壳，是一个负载体，而"心"与之衍生万物的"太极"("道"或"自然")总是息息相通的。正如庄子所说的："天地与我并生，万物与我合一。"只有一切顺应自然——自自然然地做人，自自然然地做事，你这个外在的躯壳"人"，才会和内在的思想意识"心"，彼此融会贯通，达到"天与意相连"即"天人合一"之境界。

作诗、评文都是如此。邵雍认为，作为诗人只要能做到"人心相会"、"天人合一"，那么你的诗作便会发自肺腑，具有真情实感，显得自然而无雕饰痕迹，质实

而不无病呻吟。正因为是有感而发，往往会产生出奇制胜的效果和扣人心弦的艺术力量。

“兴来如宿构，未始用雕镌”，什么是“兴”？“兴”即“兴会”。周啸天先生在《诗词创作三题》（载《岷峨诗稿》第八十三期）中指出，“兴会是诗词创作的欲望，是诗词创作的原动力，又称灵感、兴致、兴趣”，“兴会来自独特的生活阅历、独到的生活感悟以及新鲜事物的刺激”，“不在状态是因为没有兴会，不在状态，写出的东西就索然无味、不是真诗（更不用说好诗）”。人们爱用“口占”一词来表示是即兴（即“兴会”）之作，显示自己的才思敏捷。但“口占”（假若不是顺口溜的话）也必然是在某种事物的刺激和某一情绪的冲动下所引发的创作激情、所涌动的诗兴浪潮，这便是一种“兴会”。“宿构”，则是指在动笔之前经过充分酝酿、反复琢磨而形成的思维构想，即做到成竹在胸。这样动起笔来便能一挥而就。

据记载，初唐四杰中的王勃在写作前需蒙头大睡，起来后便一挥而就。难道他真的在睡觉？非也！王勃正是在进行“宿构”。所谓“妙手偶得之”，那只能是偶然的和个别的存在，而非普遍现象。真正的妙手仍然需要思考，需要“宿构”，即便是“口占”，也要在他“占”之前的几分钟进行“宿构”，而不能不加思考地胡说八道。邵雍在这里说的“兴来如宿构，未始用雕镌”，是说诗人有了“兴会”的创作冲动，做起诗来就会像李白说的“清水出芙蓉，天然去雕饰”一样，淋漓挥洒，没有任何斧凿痕迹，从而达到“论物生新句，评文起雅言”的艺术效果。

送参寥师

（宋）◎苏　轼

上人学苦空，百念已灰冷。剑头惟一吷，焦谷无新颖。胡为逐吾辈，文字争蔚炳？新诗如玉雪，出语便清警。退之论草书，万事未尝屏。忧愁不平气，一寓笔所骋。颇怪浮屠人，视身如丘井。颓然寄淡泊，谁与发豪猛。细思乃不然，真巧非幻影。欲令诗语妙，无厌空且静。静故了群动，空故纳万境。阅世走人间，观身卧云岭。咸酸杂众好，中有至味永。诗法不相妨，此语当更请。

苏轼（1037—1101），字子瞻，一字和仲，号东坡居士，眉州眉山（今属四川）人。苏洵子。嘉祐进士。曾上书力言王安石新法之弊，因作诗刺新法而下御史狱，贬黄州。哲宗时任翰林学士，曾出知杭州、颍州，官至礼部尚书。后又贬谪惠州、儋州。历州郡多惠政。卒谥文忠。有《东坡七集》、《东坡易传》、《东坡书传》、《东坡乐府》等。

有唐以来，禅风大盛，唐宋间的文人士大夫多热衷于参禅。禅风所及，给中国文学，尤其是诗歌创作以强烈的震撼和影响。禅，来自心性之悟，诗的意境本质上也是心性感悟的再造。以诗寓禅，以禅入诗，既是一种时尚，也是审美体验和艺术评判的一条重要标准。《楞严经》上说："虽有妙音，若无妙指，终不能发。"苏轼用诗的语言表达则为"若言琴上有琴声，放在匣中何不鸣？若言声在指尖上，何不于君指上听？"（《琴诗》）虽信手为之，却充满了禅机。这首《送参寥师》，正是表达了他自己对诗、禅关系的一种见解。

参寥即道潜（参寥为其字），系北宋著名诗僧，在当时的诗坛享有盛誉，与苏轼为莫逆之交。苏轼曾盛赞他"诗句清绝，可与林逋相上下，而通了道义，见之令人萧然"（《与文与可》）。在这首送参寥的诗中，苏轼开篇便提出了一个似乎难解的问题——"上人学苦空，百念已灰冷。剑头惟一吷，焦谷无新颖。胡为逐吾辈，文字争蔚炳"。这就是说，参寥上人悉心参禅学佛（佛教认为人生有八苦，又有四大皆空之说，故这里以"苦空"代指佛教教义），应该是早已百念皆成冷灰了吧。这种状况，就好像吹剑环小孔只能发出微细的声响，又好像烧焦了的谷芽不可能再长出新的谷穗来，为什么还要追逐我等俗人，去"争""文字"（诗歌）的"蔚炳"（文采华美)呢?“剑头惟一吷,焦谷无新颖”两句皆系用典,前句出自《庄子·则阳》:“夫吹筦者,犹有嗃也;吹剑首者,吷而已矣。”意思是说吹箫管能发出较大的声音,如吹剑环上的小孔,就只能发出细微的声响。后句出自《维摩经·观众生品》:“如焦谷芽,如石女儿。”这两句好理解一点,意思是说烧焦了的谷粒是不能发芽生长的,石女自然也就不能生育。总的意思是说,僧人参禅打坐,心性空寂,应该是没有什么激情或兴趣写诗,就是写也写不出像样的好诗来。可奇怪的是,这位“参寥师”却是“新诗如玉雪,出语便清警”——新出的诗篇如玉屑一样精美,写出的语句皆清丽而精辟。

下面笔锋一转,言及“退之论草书”,继续开篇便提出的这种质疑。“退之”,韩愈的字;“论草书”,指韩愈《送高闲上人序》。高闲系唐代高僧,与参寥不同的是,参寥擅诗词,而高闲却是擅书法。不过,从艺术的角度说,诗、书应该是相通的。苏轼也就是借韩愈对高闲书法的问难来深化他开篇提出的对参寥诗作的质疑。韩愈的文章以评论张旭始、问难高闲终。他认为张旭是因情感“有动于心”,而观夫“天地事物之变”,故能创作出“可喜可愕”、“变动犹鬼神,不可端倪”的使之“名后世”的草书来。而高闲“师浮屠氏”(意为学佛的出家人),“一死生,解外胶”(看破生死,超然物外),心性归于寂灭和淡泊,失去对世俗生活的兴趣和热情,怎么可能创作出像张旭一样的“有动于心”、“可喜可愕”的草书来呢?而事实上高闲的书法在当时是极负盛名的,这又怎么解释?韩愈最后说:“然吾闻浮屠人善幻,多技能,闲(指高闲)如通其术,则吾不能知矣。”把高闲的书法艺术造诣归之于“浮屠人”的奇技幻术,这当然是失之毫厘,差之千里了。苏轼诗中“退之论草书,万事未尝屏。忧愁不平气,一寓笔所骋”这几句,即是指的韩愈文中对张旭草书的评论,而“颇怪浮屠人,视身如丘井。颓然寄淡泊,谁与发豪猛”则是指韩愈对高闲的问难。

那么,苏轼是怎么看待这个问题的呢?在一番质疑设难之后,他才不紧不慢地娓娓道出自己的见解来。他说:“细思乃不然,真巧非幻影”——仔细想来,韩愈

的看法是不对的，真正的技巧(由书法引申到作诗)并非是虚幻的。他又说:“欲令诗语妙,无厌空且静。静故了群动，空故纳万境。阅世走人间,观身卧云岭”——要想使诗语奇妙，无妨于佛家的“空”和“静”。唯“静”而能了然于万物的变化,唯“空”而能收纳那万千事物的境界。行走于人间方能阅历世事，高卧于云岭才能静观身心之涵养——这样，自能创作出好的诗歌来。而这样达到的诗歌造诣和境界,则是“咸酸杂众好,中有至味永”,“酸”、“咸”之味杂于众多的美食之中,非止“酸”、“咸”之味而已，其中有永远耐以品味的“至味”存焉,也就是司空图论诗所说的“味外之旨”乃至“象外之象”、“景外之景”以及“韵外之致”的意思。最后他说“诗法不相妨,此语当更请”——“诗”与“法”(佛法)是不相妨碍的，请让我把自己的这点看法告诉你（参寥师)吧。

苏轼的这种“诗法不相妨”的见解,对于中国诗歌从实践到理论的发展都有相当积极的影响。将禅悟体验引入诗歌创作和审美评价,“禅因诗境而鲜活,诗藉禅意而灵动”,使充满禅趣的诗歌显得更加含蓄、灵动而生机勃然。诗与禅的结合,是西来的佛教跟中国的老庄玄学融汇后对中国文学的重大影响,也是中国古典诗歌独具魅力的艺术特色。

赠高子勉四首

（宋）◎ 黄庭坚

文章瑞世惊人，学行刳心润身。沅江求九肋鳖，荆州见一角麟。

张侯海内长句，晁子庙中雅歌。高郎少加笔力，我知三杰同科。

妙在和光同尘，事须钩深入神。听他下虎口著，我不为牛后人。

拾遗句中有眼，彭泽意在无弦。顾我今六十老，付公以二百年。

黄庭坚（1045—1105），字鲁直，自号山谷道人，晚号涪翁，洪州分宁（今江西修水）人。“苏门四学士”之一。治平进士。哲宗时以校书郎为《神宗实录》检讨官，迁著作佐郎，以修史“多诬”遭贬。有《山谷集》、《山谷琴趣外篇》。

黄庭坚赠高子勉的这四首六言诗，前两首肯定和赞赏高子勉的学行和才华，后两首则抒写自己的诗学见解并对高子勉寄以莫大的期望。

高子勉即宋代诗人高荷，自号还还先生，子勉是他的字。他师从黄庭坚学诗，黄庭坚很器重他，称他“以杜子美为标准，用一字如军中之令，置一字如关门之键……盖天下士也”（《跋高子勉诗》）。

在《赠高子勉四首》的第一首里，黄庭坚赞扬他“文章瑞世惊人，学行刳心润身”。“瑞世”，盛世的意思；“刳心”，道家语，谓摒弃杂念；“润身”出自《礼记·大学》“富润屋，德润身”，是说让自身受益，即通过“刳心”而得以“润身”。并把他比作“沅江”的“九肋鳖”和“荆州”（高子勉系荆州人氏）所见到的“一角麟”，二者皆喻世间罕见的难得的人才。在第二首里，又把他与当时的著名诗人张耒（“张侯海内长句”）和晁补之（“晁子庙中雅歌”）相提并论（张、晁与黄庭坚、秦观同为“苏门四学士”），说他“少（稍稍）加笔力”便可与此二人“三杰同科”。黄庭坚对他的赞赏和肯定，实质上是对他的一种劝勉和鼓励，下面才顺理成章地以自己的诗学见解给他以“少加笔力”而不断进步的有益启迪。

在第三、四首里，黄庭坚说作诗之“妙”在“和光同尘”，而所涉之“事”则须“钩深入神”。“和光同尘”出自《老子》第四章之“和其光，同其尘”，即涵和各种光彩而与尘俗混同，这里指诗歌意境的含蓄和深刻；“钩深入神”，意谓通过探究事物、事理的深秘奥旨而达到传神的境界。接着强调师法前人应当在继承的基础上力求创新，“听他下虎口著，我不为牛后人”，这和齐白石所说“学我者生，似我者死”是同样的道理。高子勉师从黄庭坚，而黄庭坚又宗法于陶（渊明）、杜（甫），二人皆以学陶、杜为其宗旨，黄庭坚的意思是说，学陶、杜而不能似陶、杜，应该在学陶、杜的基础上开创出自己崭新、独特的风格来。与此同时，他指出了杜诗贵在诗句中有诗眼（“拾遗句中有眼”——“眼”，诗眼，指一句诗中最精彩传神的一个字或一首诗中最精深警辟的句子），陶诗贵在诗境中有弦外之音（“彭泽意在无弦”——“无弦”，无弦而有音）。最后，他语重心长地对高子勉说：“顾我今六十老，付公以二百年”——我而今已是六十岁的老衰之身了，还希望你在我之后能标领二百年的风骚。

由此看来，黄庭坚的诗学主张在于师古而不泥古，学前人而不局限于前人，在学习古代优秀诗人的基础上，得因时利变，有所发展，有所创新，能形成自己的风格。同时，他注重炼字炼句的凝练警辟，主张诗歌应有言外之意和弦外之音。

题竹石牧牛

（宋）◎ 黄庭坚

野次小峥嵘，幽篁相倚绿。阿童三尺箠，御此老觳觫。石吾甚爱之，勿遣牛砺角。牛砺角尚可，牛斗残我竹。

苏东坡善画怪石、丛竹，李公麟善画动物、人物，黄庭坚所题这幅《竹石牧牛图》乃苏李合作，苏画李补，甚有意态，加上黄庭坚作诗题字，可谓四美。

前两句咏苏画竹石。野外有块小小怪石，石边有一丛翠竹。“峥嵘”是山石嶙峋的样子，借代怪石。次二句咏李补人牛。牧童手持三尺鞭，骑着头老牛。“觳觫”是牛恐惧貌，语出《孟子·梁惠王》，借代老牛。“老觳觫”与“小峥嵘”在字面上遥相映带而成趣，带有浓郁的书卷气，而语气亲切有味。

后四句是观画有感。因为竹石野趣可爱，而人牛生动逼真，所以诗人不禁对画中牧童打起招呼来——这石头我太喜欢了，别让牛角摩擦损伤；更不能让牛打架，践踏了丛竹——这丛竹我也一样喜欢。此四句语用韩愈诗“牧童敲火牛砺角”（《石鼓文》）、李涉诗“无奈牧童何，黄牛吃我竹”（《山中五无奈何诗》），句调则仿李白《独漉篇》：“独漉水中泥，水浊不见月。不见月尚可，水深行人没。”厚竹薄石，以石坚于竹故云耳。

诗于题外寓取风趣，是否还有别的寄意？论者认为，山谷出于拳拳公心，婉言奉告当政者不要搞宗派斗争，把好端端的局面弄糟。这样说来，诗人就是从画而联想到真人真牛，再用喻当时执政的人，而托于“戏咏”了。这也是中国传统的比兴手法，这样写就可做到“言之者无罪，闻之者足戒”。就诗而言，也更加曲折有味。

学诗诗三首

（宋）◎吴　可

吴可(？—？)，字思道，北宋末人，曾官于汴京。建炎以后，转徙楚豫等地，至乾道、淳熙间尚在。有《藏海居士集》等。

学诗浑似学参禅，竹榻蒲团不计年。直待自家都了得，等闲拈出便超然。

学诗浑似学参禅，头上安头不足传。跳出少陵窠臼外，丈夫志气本冲天。

学诗浑似学参禅，自古圆成有几联？春草池塘一句子，惊天动地至今传。

吴可在这三首《学诗诗》中，以参禅喻学诗，不仅仅是一种修辞意义上的比喻，而是建立在诗禅相通的基础上的，从而表达了以禅喻诗、诗贵顿悟，以及学诗须不落前人窠臼而达到出语清新自然的境界这样一种诗学观点。

“学诗如参禅”是唐代诗僧皎然最早提出的主张，其背景在于禅宗创立后的唐代，禅僧多吟诗以表达禅悟之境，文人士大夫又往往热衷于参禅，将禅悟的体验融入诗歌的意境之中。禅来自心性的体悟，诗歌的意境亦来自心性体悟的自然流泻，当二者都表现为挣脱心灵的桎梏，释放生命的活力，追求一种自然的、生机勃然的、快活的人生时，诗与禅也就有机地融为了一体。这种从创作到理论的以诗喻禅、诗禅相融的诗歌艺术主张，到了宋代更大为盛行。

在第一首诗中，吴可以参禅比喻学诗。参禅有一个循序渐进的过程，学诗也是一个循序渐进的过程，“竹榻蒲团不计年”正是对这个过程的一种生动的描绘。禅在于顿悟，诗亦贵在顿悟，一旦顿悟之后，自然也就“自家都了得”，如桶底脱落一般，“等闲拈出便超然”。第二首在进一步强调顿悟的基础上，主张学诗当不落前人窠臼。“头上安头”是一个佛教典故，《景德传灯录》载，洛浦元安禅师圆寂前对众僧说："吾非明即后也。今有一事问汝等：若道这个是，即头上安头；若道不是，即斩头求活。"意思是说禅宗之意旨在于顿悟，一切思量分辨都像"头上安头"一样，重复而累赘。吴可在《藏海诗话》中说："学诗当以杜为体，以苏黄为用。……盖杜之妙处藏于内，苏黄之妙发于外，用工夫体学杜之妙处恐难到。"——他是主张诗学少陵的，"杜之妙处藏于内"，是不能用"工夫体"学到的，这就在于他所强调的"参禅"之"顿悟"方能达到少陵之"藏于内"的境界。他又说："看诗且以数家为率，以杜为正经，余为兼经也。如小杜、韦苏州、王维、太白、退之、子厚、坡谷、四学士之类也。如贯穿出入诸家之诗，与诸体俱化，便自成一家，而诸体俱备。若只守一家，则无变态，虽千百首，皆只一体耳。"如此看来，所谓"跳出少陵窠臼外"的"少陵"，当指"以杜为正经"、"余为兼经"的"小杜、韦苏州、王维、太白、退之、子厚、坡谷、四学士之类"，而要跳出这些前人的"窠臼"，则须"贯穿出入诸家之诗，与诸体俱化，便自成一家，而诸体俱备"。说简单明白点，就是要在学习、继承这些前辈诗人的基础上让诗歌艺术有所创新、有所发展。第三首诗强调在"顿悟"和"不落前人窠臼"之外，更得力求诗歌造语的自然清新。"圆成"系佛教用语，成就圆满之意，这里借指作诗时吟出妙手偶得、出自天然的佳句。所谓"春草池塘一句子，惊天动地至今传"，则是他以谢灵运《登池上楼》中"池塘生春草，园柳变鸣禽"的句子来作为应该效法的此种佳句的典范。

从皎然提出"学诗如参禅"、苏轼主张"以禅喻诗"到严羽的《沧浪诗话》系统地提出以禅喻诗的理论，吴可的诗学主张无疑起到了承先启后的作用。

学诗诗三首

（宋）◎ 龚 相

龚相（？—？），北宋末人，余未详。

学诗浑似学参禅，悟了方知岁是年。点铁成金犹是妄，高山流水自依然。

学诗浑似学参禅，语可安排意莫传。会意即超声律界，不须炼石补青天。

学诗浑似学参禅，几许搜肠觅句联。欲识少陵奇绝处，初无言句与人传。

禅"不立文字"，要不为外物所动（六祖惠能："内见自性不动，名曰禅。"），而诗歌则是"情动于中而形于言"（《毛诗序》），可知诗禅原是相妨的。不过，源自诗歌的审美感受达到一定境界后会产生类似禅悟内心体验，苏轼"暂借好诗消永夜，每逢佳处辄参禅"（《夜直玉堂，携李之仪端叔百余篇读至夜半书其后》）讲的就是这种诗歌审美境界。此外，在诗歌创作方法的学习上与禅也有很多相似之处。清人徐增说："禅须作家，诗亦须作家。学人能以一棒打尽从来佛祖，方是个宗门大汉子；诗人能以一笔扫尽从来窠臼，方是个诗家大作者。可见作诗除去参禅，更别无法也。"（《而庵诗说》）

龚相三诗乃唱和吴可之作，每首诗的第一句都是"学诗浑似学参禅"，并步韵。第一首讲的是诗歌的创作不要刻意，要顺其自然，就像"岁"本来就是"年"一样，诗歌语言反映与诗人内心感受应该是一致的，过分的修饰和美化无法"点铁成金"，也无法创作出好的诗歌，而要做到这一点，最重要的就是"悟"。

第二首则进一步说明，在诗歌创作的学习中，诗歌的语言基础是可以学习的，但怎样安排这些诗歌语言，使其能表达自己独特的思想感情和审美境界，则完全要靠自己的领悟，没有人可以教授。正如严羽所说："以禅喻诗，莫此亲切，是自家实证实悟者，是自家闭门凿破此片田地，即非傍人篱壁、拾人涕唾得来者。”（《答出继叔临安吴景仙书》）在这首诗中，龚相还阐述了当诗歌的声律妨碍了意义表达时，要超越“声律界”，不能让声律成为表达的障碍，为了迎合声律而反复炼字就会失去诗的本性。

第三首则以杜甫为例来说明诗禅的相似性。杜甫作诗讲究的是苦吟，是“语不惊人死不休”（杜甫《江上值水如海势聊短述》），乍看来，这与禅相去甚远。其实，作为伟大的现实主义诗人，杜甫的诗歌创作更是建立在自身对社会、对客观事物的深刻认识和独特体验之上的。文天祥说：“子美非能自为诗，自是人性情中语，烦子美道。”（《文山先生全集》卷十六《集杜诗自序》）深刻地认识现实，才能准确地描写现实，才能真实而生动地将其反映在诗歌创作上，这是诗人对诗必须有的体验，也是诗的入禅之境。

其实诗禅相妨、诗禅相近两种观点并没有冲突，只是站在不同的角度阐释了诗与禅的异同，从本质来说，这两种观点是一种互补的关系。

题画

（宋）◎ 李　唐

云里烟村雨里滩，看之容易作之难。早知不入时人眼，多买胭脂画牡丹。

李唐（1049—1130），字晞古，河阳三城（今河南孟县）人。徽宗时入画院。北宋灭亡，流落临安（今浙江杭州）。后入画院为待诏。与刘松年、马远、夏圭并称为“南宋四大画家”。

据说画家李唐初到杭州，无人赏识，便写了这首诗，意在讥讽当时社会上崇尚艳丽花鸟画的庸俗风气。这是一首很典型的宋诗。

首先应指出，它是一首画家自题其画的绝句，和唐诗人咏画诗性质略有不同，是与书画融为一体的诗歌，这种风气是宋代出现的。诗中真正咏画的只有第一句“云里烟村雨里滩”，这是一幅山水画，画中是细雨蒙蒙、满纸云烟的景象。

以下三句纯属议论，分两层。次句自道作画甘苦为一层——“看之容易作之难”。画家要有两种功夫，一是眼中功夫，即善于观察生活，要想得到；一是手上功夫，即要有精湛技法，要画得出。所以是“看之容易作之难”。但另一方面，则是“难者不会，会者不难”，或者“成如容易却艰辛”。此句明白如话而饱含生活哲理，有如俗谚。

作画难，而知音更难。后二句写高雅艺术与流行趣味的矛盾为一层，这是诗的主意所在。诗中写时人冷淡山水，而看好“牡丹”，这实际上是写两种审美趣味的冲突，使人联想到周敦颐《爱莲说》后段所说：“予谓菊，花之隐逸者也；莲，花之君子者也；牡丹，花之富贵者也。菊之爱，陶后鲜有闻；莲之爱，同予者何人？牡丹之爱，亦乎众矣。”要用高雅艺术改变流行趣味较难，要放弃高雅艺术迎合流行趣味为易。诗云既然时人不能欣赏山水云烟，只喜爱大红大紫的牡丹，那还不好说，就多买些胭脂来画吧。既然人们不欣赏美声唱法，那大家都改成流行唱法吧。这话其实是反语、是嘲讽，绝非由衷之言。事实上，要追求高雅艺术，就要耐得住寂寞。“胭脂”是国画颜料，也是女人的化妆品，用来表达“媚俗”之意，味道尤足。

赠赵伯鱼

（宋）◎ 韩　驹

荆州早识高与黄，诵二子句声琅琅。后生好学果可畏，仆常倦谈殊未详。学诗当如初学禅，未悟且遍参诸方。一朝悟罢正法眼，信手拈出皆成章。

韩驹（？—1135），字子苍，蜀仙井监（今四川仁寿）人。政和初，以献颂补假将仕郎，召试，赐进士出身，除秘书省正字。历官洪州分宁知县、著作郎。宣和中迁中书舍人，寻兼权直学士院。高宗时知江州。卒于抚州。有《陵阳集》。

韩驹的《赠赵伯鱼》一诗也是宋代以禅喻诗风气的反映。他首先谈到自己于荆州“早识高与黄”——“高”、“黄”指当时极负盛名的江西派诗人高荷和黄庭坚，向二位学诗而“诵二子句声琅琅”。“后生好学果可畏”既是对自己学诗有成的自豪和自信，也是对赵伯鱼的一种劝勉。“仆常倦谈殊未详”句隐括汉代扬雄《长杨赋》“仆尝倦谈，不能一二其详，请略举凡，而客自览其切焉”句意，是说自己懒于言说其（指学诗过程）详，因而引出下面以禅喻诗的简洁的议论。

“学诗当如初学禅”是以参禅比喻学诗，参禅、学诗都需要用心性去体悟，也都一样有一个渐进的参学的过程。学诗要向古今的名家学习，要熟读不同风格、不同流派的优秀作品，参禅也得多方向高僧大德参学，并不懈地参究那些浩如烟海的禅理公案，因而诗人提出了“未悟”之前须得“遍参诸方”的主张。“正法眼”即“正法眼藏”，系佛教家禅宗用语，“眼”意谓朗照宇宙，“藏”意谓包含万有，“正法眼藏”当指佛法精要，这里也指诗学要诀和精义。如果能将这“正法眼”全都悟透，那也就参禅、学诗便两相成就，信手拈来皆成文章了。

九月一日夜读诗稿有感走笔作歌

（宋）◎陆　游

我昔学诗未有得，残余未免从人乞。力孱气馁心自知，妄取虚名有惭色。四十从戎驻南郑，酣宴军中夜连日。打球筑场一千步，阅马列厩三万匹。华灯纵博声满楼，宝钗艳舞光照席。琵琶弦急冰雹乱，羯鼓手匀风雨疾。诗家三昧忽见前，屈贾在眼元历历。天机云锦用在我，裁剪妙处非刀尺。世间才杰固不乏，秋毫未合天地隔。放翁老死何足论，《广陵散》绝还堪惜。

陆游（1125—1210），字务观，号放翁，越州山阴（今浙江绍兴）人。“中兴四大诗人”之一。绍兴中应礼部试，为秦桧所黜。孝宗即位，赐进士出身。曾任镇江、隆兴通判。乾道六年（1170）入蜀，任夔州通判。乾道八年，入四川宣抚使王炎幕府。官至宝章阁待制。晚居山阴镜湖。有《剑南诗稿》、《渭南文集》、《南唐书》、《老学庵笔记》等。

淳熙十四年，陆游刊刻《剑南诗稿》已经五年，这时他赋闲于家乡山阴。当他重翻《剑南诗稿》时，不禁想到当年在编此稿时，将其初期受江西派影响的许多诗稿一火而焚之的事，于是“走笔作歌”，奋笔疾书，写下了这首总结其创作经验的七言古风。

该诗的大意是说：我从前学诗没有亲身体会，不免从别人那里乞讨残羹余唾，所以笔力苍白，内容空泛，妄取虚名，实在令我惭愧。四十岁后从军驻扎在南郑前线，日夜与战士们在一起，盼望早日收复失地。但是军中却酣畅饮宴，还建起了球场打球、练武。马厩里排列着数万匹军马，场面十分壮观。每到华灯初上，便听见琵琶声起，繁弦急管，乱如冰珠；羯鼓声频，如疾风骤雨；美女们轻歌曼舞，头上的珠光宝器，耀人眼目；战士们的博彩声充满了欢宴的楼阁。面对这种场面，我忽然体会到了“诗家三昧”（要诀）——屈原为什么跳汨罗江而死？贾谊为什么在

长沙痛哭？他们的爱国情怀都清清楚楚地呈现在眼前。有织女之“天机”在，完全可以织出漫天“云锦”，其妙处绝非刀尺所能左右。世间的才杰之士固然不乏其人，但对生活的认识和体验却各自不同，差之秋毫则如隔天地。我陆放翁老死并不足惜，而像嵇康死后他的《广陵散》从此失传，那才是真正的遗憾。

这里陆游写他诗风的彻底转变与其在军旅生活中酣畅饮宴、打球歌舞、珠光耀人、博彩满楼的场面有什么联系呢？要弄清这个问题，首先得了解陆游的生活背景。

陆游出生的第二年，女真人便攻入汴京，他在敌人的铁蹄与鼙鼓声中长大，这使他从小充满了强烈的爱憎感情。绍兴二十四年(1154)，陆游应礼部试，金榜高中第一，然而在对策中因“喜论恢复”、“语触秦桧”而被黜免。乾道二年(1166)，陆游作隆兴通判，因支持抗金名将张浚北伐被罢官搁浅，直到乾道六年(1170)才起用为夔州通判，后调任崇州通判，在嘉州刺史范成大手下任职。诗人在蜀中生活的两年中，他凭吊了李白、杜甫的遗踪，饱览了蜀中的山川风物，触及到更广泛的社会现实。乾道八年(1172)调往南郑，在川陕宣抚使王炎军队中参赞军务。这个“一生报国有万死”和“一寸赤心惟报国”的诗人，为有机会身着戎装，亲临抗金前线，投入火热的战斗，过着“上马击狂胡，下马草军书”(《大散关图有感》)和“挺剑刺乳虎，血溅貂裘殷”(《怀昔》)的生活而感到兴奋不已。然而，“和戎诏下十五年，将军不战空临边。朱门沉沉按舞，厩马肥死弓断弦”(《关山月》)，由于主和派的极力阻挠，广大爱国将士度日如年，有志难申：“良时恐作他年恨，大散关头又一秋。”(《归次汉中境上》)在主战与主和、理想与现实的激烈斗争中，陆游的世界观发生了根本转变，斗争的残酷给他提供丰富的生活素材，开拓出崭新的创作

思路，于是满腔悲愤发而为歌吟，他的诗在内容和表现手法上都有了彻底的突破，风格一变而为沉雄、轩昂。

在这首诗中，陆游强调："天机云锦用在我，裁剪妙处非刀尺。""天机"是什么？是织女织锦之机。织女能织出漫天云锦，诗人为什么不能写出最美好的诗篇？可以说，此句不仅是全诗之"眼"，也是陆游创作思想的闪光之点，是爱国激情搅拌着生活素材而凝结成的闪亮明珠，闪耀在南宋诗坛的夜空。"江西派"主张袭用古人成句入诗，该派诗人陈师道曾提出："学诗当以子美为师，有规矩故可学。"(《后村诗话》)所谓"有规矩"，即是注重已有的陈式套子。而陆游此论，正是在他摆脱"江西派"诗风影响之后的经验总结。清人吴雷发指出："学诗须有独见，不然，则易得其短，难取其长。"(《说诗菅蒯》)这就是说，要善于学习、善于运用，即今人所说的"活学活用"。"天机云锦用在我"，陆游所说的应指创作技巧与生活素材诸方面。古人写诗的方法、技巧不是不能学，而是应该学，甚至必须学。因为古人的写作技巧，是他们在长期的创作实践和痛苦的摸索中得出的经验总结。学习古人的创作方法和技巧，是为了少走弯路。正如织"云锦"，没有"天机"不行，"天机"是一件必备的工具，有了"天机"，关键就在于掌握它的人了，即陆游所说的"用在我"。"裁剪妙处非刀尺"，也不是说不要"刀尺"。要做成各种各样的美丽饰品，是离不开"刀尺"的。然而"刀尺"是死的，"我"却是活的。"天机"、"云锦"、"刀尺"，都应为我所用。从古人那里(特别是古代名篇中)去学习他们认识生活、驾驭素材、构思立意、谋篇布局、炼词炼意的本领，让技巧更好地为我所用，这才是写诗的关键之所在。陆游反对一味地追求技巧，他主张"工夫在诗外"，就是告诫写诗的人不要单纯地玩弄技巧，必须贴近生活、深入生活、感知生活和透视生活，在生活的海洋中去寻求诗的灵感、诗的素材、诗的触发点和闪光点，这样，才能写出动人心魄的真诗、好诗。陆游还指出，世间的才杰之士不少，但是，对生活中的人和事，对人间万象的认识却千差万别。各人的观察角度、认识深度不同，所得便不同。即使同一个人在不同的历史和心境中对同一事物的感受和认识也不尽相同。"秋毫未合"则有"天地之隔"，全在自己的细心体会和恰当把握。

示子遹

（宋）◎陆　游

我初学诗日，但欲工藻绘。中年始少悟，渐若窥宏大。怪奇亦间出，如石漱湍濑。数仞李杜墙，常恨欠领会。元白才倚门，温李真自郐。正令笔扛鼎，亦未造三昧。诗为六艺一，岂用资狡狯？汝果欲学诗，工夫在诗外。

此诗乃作者教育儿子如何才能做个真正的诗人的论诗诗。同《九月一日夜读诗稿有感走笔作歌》一样，陆游首先从做诗的切身经验体会入手。他说：自己初学诗时，总希望把辞藻修饰得华赡美丽。到了中年，逐渐开始领悟并窥测到诗词中蕴涵的宏大意境，如急湍撞击江石，或浪花翻腾，如飞珠溅玉；或旋涡迭起，不择地而流，形成各种离奇美妙的状态。写诗也一样，当生活与思维碰撞时便会放出绚丽的花朵，奇妙的构想与新颖的辞藻便会涌动并飞溅出来。陆游谈的是一个普遍的创作规律。在学习李白、杜甫方面，他自己认为还领悟不深，尽管“数仞其墙”，但毕竟隔了一层，而与元稹、白居易、温庭筠、李商隐比，尚可倚其门墙，结为邻居。想使自己笔能扛鼎，却未尽得诗中三昧。以上这十二句都是从自己一生作诗的经历所得出的感受来谈的，并以李杜、元白、温李六人为范例，论及诗的高下优劣。至此笔锋一转，用四句诗来扣题，揭示“示子”的真正内涵。他告诫儿子：“汝果欲学诗，工夫在诗外。”学做诗不仅仅是学其技巧，重要的是在“诗外”去寻找生活。技巧很重要，它是学会做诗的必备的基本条件，然而要成为诗人，更重要的是到“诗外”去下工夫。

什么是“诗外”？首先要让自己融入现实生活，打好扎实的生活基础，对万象纷呈的生活素材要有识辨能力，这是任何一位诗人、作家所必须具备的基本条件；其二，对国家民族要有高度的责任心。歌颂什么，鞭笞什么，敢不敢说真话，面对真善美与假恶丑能不能态度鲜明地站在广大人民的立场做人民的代言人，是能不能成为一个真正诗人的重要标志。其三，要有慎重的创作态度。作诗也要对读者负责。陆游编《剑南诗稿》时，把他年轻时受“江西派”影响所写的诗大多付之一炬，由此可见其创作态度之审慎。做不到这几方面，永远也写不出动人心弦的文学作品，永远也成不了真正的诗人。

和李天麟二首

(宋)◎ 杨万里

杨万里(1127—1206)，字廷秀，号诚斋，吉州吉水(今属江西)人。“中兴四大诗人”之一。绍兴二十四年进士。孝宗初，知奉新县，历太常博士、太子侍读等。光宗即位，为秘书监。有《诚斋集》。

学诗须透脱，信手自孤高。衣钵无千古，丘山只一毛。句中池有草，字外目俱蒿。可口端何似，霜螯略带糟。

句法天难秘，工夫子但加。参时且柏树，悟罢岂桃花。要共东西玉，其如南北涯。肯来谈个事，分坐白鸥沙。

杨万里《诚斋荆溪集序》中说自己学诗最初是学江西派诗人，后来学后山(陈师道)五字律，再学半山老人(王安石)七字绝，再后来学晚唐诗人的绝句。学得越是努力，写得越是艰难。后来忽有所悟，告别晚唐诗人、王安石、陈师道以及江西诗派诸君子而不再刻意学他们时，反倒能欣然命笔了。这时他叫自己的儿子拿笔记录，自己一连口占了好几首，都十分流畅而顺利，再也不复以前的那种艰难状况了……后终于自成一体，独创了一种被时人称之为“诚斋体”的平易自然、清新活泼的诗体。

读读他这两首与老朋友李天麟论诗的五言律诗，便可以领会到他别具一格的诗学主张。在这两首诗中，与前人论诗的偏重技巧不同，他着重要突出的是一种学习和创作的精神。他也采用宋人惯常的以禅喻诗的方式，强调学诗重在“参”和“悟”，要在“参”和“悟”的基础上超越前人而达到“透脱”和“信手”的境界。

故第一首开篇便说“学诗须透脱，信手自孤高”，《古尊宿语录·题〈南泉和尚

语要〉》云:“王老师真体道者也,所言皆透脱,无毫发知见解路。”这里的“透脱”既有详尽而能释疑的意思,又有灵活而不呆板、不拘泥的含义,“孤高”则是孤特高洁之意。接下来颔联所谓“衣钵无千古,丘山只一毛”则是说的要超越前人而富有创新的精神。这里以佛门中的衣钵授受打比喻。衣钵绝不可能是千古以来永远传承下去的,真悟入者不必死守成法,大可超越乃师径自作祖,过去视师父为“丘山”,一旦超越师父则可视之为“一毛”。后面颈、尾二联是说学诗“透脱”而“信手”后在超越前人的基础上所应该达到的艺术境界。“句中池有草”以谢灵运《登池上楼》诗中“池塘生春草,园柳变鸣禽”的名句为喻,旨在说明诗歌造语须天真自然。据《南史·谢惠连传》载:“(灵运)尝于永嘉西堂,思诗竟日不就,忽梦惠连,即得‘池塘生春草’,大以为工。尝云:‘此语有神助,非吾语也。’”这正是有了“透脱”功夫之后“信手”拈来的佳句。“字外目俱蒿”句,“蒿目”出自《庄子·骈拇》“今世之仁人,蒿目而忧世之患”,后世以“蒿目”比喻关心现实、忧虑时政,作者这里却是说“蒿目”之情须见之于字外,也就是说诗歌造语宜含蓄,要有言外之意和味外之旨。品味这样的诗作,就像天高气爽的秋天饮酒吃蟹一般,其味耐品而妙不可言。

第二首一开始就说作诗的“句法”(技能)天也难守其“秘”(秘密、神秘),只要肯下工夫,便会不断地有所进步。而这所谓的“工夫”,作者又特地强调了“参”和“悟”。“参时且柏树,悟罢岂桃花”二句,均以禅喻诗,化裁自禅宗语录,二者皆出自《五灯会元》卷四。有僧人问赵州从谂禅师“如何是祖师西来意”,禅师仅以“庭前柏树子”五字作答,此即禅宗悟道的所谓“参话头”,学诗也得下这样的工夫。灵云志勤禅师见桃花而悟道,写下了著名的悟道诗偈:“三十年来寻剑客,几回落叶又抽枝。自从一见桃花后,直至如今更不疑。”因见桃花每自春来皆自然开放,而悟到了万事万物的真如本体,那么,学诗的“参”和“悟”又岂止是仅从桃花而入?这里强调的是一种活参,不可死于章句之下。最后两联则在论诗之余表达了对老朋友的深切思念之情。“东西玉”原指玉酒杯,后用以代指酒。颈联是说:多想和你在一起饮酒论诗呀,无奈南北相距,天涯阻隔,见面不易,徒令人遗憾感伤而已。尾联接着又说:老朋友若是肯不远万里来和我研讨作诗的问题,那么,就一起坐在白鸥栖息的沙滩上,共同参悟吧。

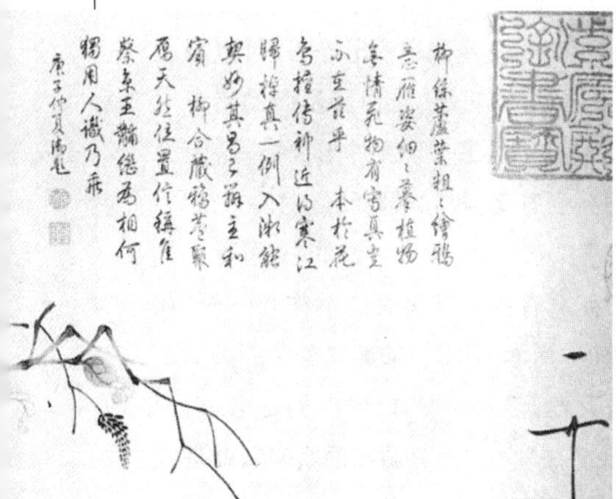

观书有感二首

（宋）◎朱　熹

朱熹（1130—1200），字元晦，一字仲晦，号晦庵，别称紫阳，徽州婺源（今属江西）人，生于南剑州尤溪（今属福建）。绍兴十八年（1148）进士。任泉州同安县主簿。淳熙时知南康军，改提举浙东茶盐公事。光宗时，历知漳州、秘阁修撰等。宁宗初为焕章阁待制。卒谥文。有《晦庵先生朱文公文集》等。

其　一

半亩方塘一鉴开，天光云影共徘徊。问渠那得清如许？为有源头活水来。

不看题目，会认为这是两首写景诗。但是一看题目才知道作者是借景抒情、托物言志，写的是读书心得体会。

这首诗开篇便借“半亩方塘”如一面镜子展开，天光云影都在里面悠然自得地徘徊作比喻，预示其读书后思维更加清澈明丽。接着作者不禁问道：你（“半亩方塘”）为什么如此清澈呢？回答是因为有源头的滚滚活水流来。这“活水”是什么？是“书”，是“知识”。“书”是数千年来先人之智慧、知识和经验的结晶，“书”是一面“镜子”。从这面“镜子”中，不仅可以照见奇异多变的自然形态，还可以照见纷纭复杂的社会现象，人世间的光明和阴暗、美好和丑恶，正面和反面的诸多现象都会在这面“镜子”中映现出来。“天光云影”就是这诸多现象的形象描写。无论是做学问或洞察社会人情，都可以从“书”中找到答案，找到破解和应对的方法。

但是，读书有不同的方法。有的人一辈子刻苦用功，读了大量的书，可是连一篇小文章也未留下，这叫“死读书”或“读书死“；有的人把古人的书作为一面“镜子”，他们能从书中学到无穷的知识技能，这叫“活学活用”。朱熹这首诗的关键之所在就是一个“活”字。杜工部云：“读书破万卷，下笔如有神。”指的是必须“读破”。朱熹所说的“活”字也就是杜工部所说的“破”字。“为有源头活水来”，就是说要多读书、读好书、读活书，让书中的知识如滔滔泉水，滚滚清流，涌入心田，并把它们转化成一种武器、一种智慧，令人不仅能从书中洞察一切、破解一切，而且能驾驭一切，成为知识的主人。

其　二

昨夜江边春水生，艨艟巨舰一毛轻。向来枉费推移力，此日中流自在行。

这第二首诗，作者仍然借“水的流动”来譬喻知识的积累。水涨船高，知识积累得愈多、愈厚，其载重量也就愈大。朱熹是我国南宋时期的著名理学家，他主张“理气说”，其哲学思想基本上是唯心的。朱熹作为理学家，不仅能文，亦善诗。这首诗即体现了他的哲理思想。但是他不是以文为诗，更不是以说教为诗，而是以比兴为诗，将深刻的哲学思想用诗的语言，通过形象描写表现出来。前一首及该诗皆如此。这首诗写江边一夜春水陡涨，往日极费推移之力的“艨艟巨舰”，今天也像一片羽毛那样在江上轻轻漂荡，自由自在地穿行。如果一个人的知识积累多了，底子厚实了，无论你作诗还是为文，也都能像深水中行舟，会水涨船高，驾轻就熟。

做学问和行舟一样，做学问需要丰富的知识做基础，行船则需要深邃的水做基础。比如学作传统诗词，第一步就是要熟练掌握诗词的基本知识，如平仄、律对、协韵以及各种修辞手法，这样，你才能进入创作；第二步则必须熟悉历史，熟悉文学史，熟读数千年来的文学经典作品，积累丰富的古今文化知识；第三步是反复揣摩和分析这些经典名篇的精要之所在，懂得别人是怎样构思、立意、炼词炼句的，这叫借他人之神钥，启自己之心扉，所谓“熟读唐诗三百首，不会作诗也会吟”便是这个道理；第四步是确定创作题材，选好进入角度，尤其要借助形象的描写来表现主题。朱熹这两首《读书有感》，不用议论，不用说理，而是以生动的比喻和鲜明的形象来托物传情，使人有味之无穷之感。如“春水生”，不用“洪水生”，不用“巨浪生”，而用“春水”，桃花春水，轻灵优美，显然与“洪水”、“巨浪”有一种截然不同的美感。“读书”并无景物可资描绘，往往容易说理。朱熹不去正面着笔，而是从侧面借助景和物的形象描写来传达感情，这善假于物、借他山之石而攻玉的方法，颇值得认真学习和借鉴。司空图《二十四品》，亦完全是采用这种表现手法。

戴表元(1244—1310)，字帅初，一字曾伯。庆元奉化（今浙江奉化）人。宋度宗咸淳进士，官临安教授。元成宗大德八年(1304)起用为信州教授。以疾辞归，卒于家。有《剡源集》。

感旧歌者

（宋）◎ 戴表元

牡丹红豆艳春天，檀板朱丝锦色笺。头白江南一尊酒，无人知是李龟年。

此诗是作者由宋入元后所作。《西湖志余》谓："戴帅初（作者的字）湖上赠歌者一绝，有故国之思焉。"

"牡丹红豆艳春天"点时兼写情。"牡丹"、"红豆"皆阳春季节的景物，而"红豆"又是有名的引人相思之物，它产于南国，晶莹鲜艳。据说古代一女子因丈夫死于边地，遂于树下痛哭殒命，化为红豆，故此物又有"相思子"之称。然而，作者这里使用"红豆"，并非表达一般的相思之情，而是寓有更深含义的。唐人王维《江上赠李龟年》（一名《相思》）云："红豆生南国，春来发几枝？愿君多采撷，此物最相思。"李龟年是唐开元年间的著名歌唱家，安史之乱后流落江南，据说常为人演唱王维此诗，以寄托对故人乃至故都的思念之情，使得听者为之动容。由此看来，戴诗于此着一"红豆"，无疑与宋的败亡和现实遭遇紧相关联。也就是说，它既寓有深沉的故国之思，又暗合"感旧歌者"的题面，为末句之"无人知是李龟年"先作张本。同时，还以红豆产地遥启第三句之"江南"，从而生出言近旨远、语少情长的艺术效果。

"檀板朱丝锦色笺"一笔双写，既有歌者，又有自己。"檀板"，檀木制成的绰板，亦称拍板，演奏音乐时打拍子用。"朱丝"，指红色的琴弦。二物表明对方的歌者身份。"锦色笺"，即锦（有彩色花纹的丝织品）一般的精美纸张。从前后诗意看，这“锦色笺”可能是由歌者递于作者以求题词的，也可能是作者与故人江南重逢，把酒话旧之际，抽笺命笔而题诗相赠的。但不管是哪种情形，在这样的时候(国破家亡而春色依然)，这样的地点(姑定其为江南的一家小酒店)，这样的气氛(故旧重逢而悲喜交集)中，题诗相赠都会使人思绪翻卷，难以为怀，何况此时双方皆已经“头白”！旧时相识，头白重逢，而世间的一切都已面目全非，这怎能不使诗人为之感慨，为之悲叹呢？杜甫《江南逢李龟年》云：“岐王宅里寻常见，崔九堂前几度闻。正是江南好风景，落花时节又逢君。”短短四句诗，在今昔对比中，将安史之乱前后的时代沧桑、人生巨变和身世浮沉囊括净尽。如果说杜甫此诗虽极悲凉，但还不至于绝望的话，那么作者这首《感旧歌者》便不仅再现了杜诗的悲凉，而且还充溢着一种更为深刻的、无法排解的黍离之痛。

不过，这沉重无比的黍离之痛，作者并未明确道出，而是寓情于事，借“头白江南一尊酒，无人知是李龟年”轻笔一点，自然含蓄地流露出来的。“无人知”，表明因世事的巨大变迁和人物容颜、身世的巨大变化，当初这位李龟年式的有名歌手，现在已经无人知晓了；既已无人知晓，则歌者境遇之孤独、凄凉可想而知；既然这位歌者的境遇已极孤独、凄凉，那么作者对他的无限同情和怜悯，不也就在不言之中了吗？同时，“李龟年”三字不仅暗示了这位歌者昔日的声望，而且更于历史相似性的关联中，大大拓展了诗的内涵，从而使人通过对杜甫与李龟年、作者与“旧歌者”之关系的再度观照，生发出心灵的深深颤栗，并由此更深一层地去体味诗中那隐而未发的内在意蕴。

论诗诗四首

王若虚(1174—1243)，字从之，稾城人。举承安二年经义进士，官至直学士。有《滹南遗老集》。

(金)◎王若虚

山谷于诗，每与东坡相抗，门人亲党遂谓过之。而今之作者，亦多以为然。予尝戏作四绝云。

骏步由来不可追，汗流余子费奔驰。谁言直待南迁后，始是江西不幸时？

信手拈来世已惊，三江滚滚笔头倾。莫将险语夸勍敌，公自无劳与若争。

戏论谁知是至公，蝤蛑信美恐生风。夺胎换骨何多样，都在先生一笑中。

文章自得方为贵，衣钵相传岂是真。已觉祖师低一著，纷纷法嗣复何人？

王若虚主张“文章自得”和“自然天成”，反对“雕琢太甚”和“经营过深”(《滹南诗话》)。在这几首《论诗诗》中，就充分体现了他的创作主张。

诗前有小序，其意思是说：黄庭坚作诗每与苏东坡争雄，而他的门人和党羽则认为黄庭坚的诗歌艺术超过了东坡，后代的文人也多持这种观点。于是他(王若虚)写了这几首《论诗诗》来发表自己的看法。

第一首，着笔便以奔驰的骏马比喻苏轼纵横文坛的潇洒之态。宋胡仔《苕溪渔隐丛话》载元裕文章称：苏轼与黄庭坚“时二公争名，互相讥诮。……山谷亦云：‘盖有文章妙一世，而诗句不逮古人者’，此指东坡而言”。说苏轼的文章之妙，当世无人比美，但他的诗就赶不上古人了。《诗林广记》载《豫章先生赞》称赏黄庭坚云:“山谷自黔州(曾贬四川彭水)以后,句法尤高,笔势放纵,实天下之奇作,宋兴以来,一人而已。”以上二人之语正是王若虚在“小序”中所说的“每与东坡相抗,门人亲党遂谓过之”的出处。“汗流余子”,比喻以黄庭坚为首的“江西派”诗人及后之追随者。王若虚认为:他们与苏轼比,如驽马之追骐骥,其汗流不止而窘态十足。

该诗首两句以比兴入题,刻画人物,描写形象,极为生动逼真。三、四句以反问收束:谁说苏轼“南迁”(贬官)之后所作之诗才能超过“江西派”? 言下之意是,苏轼的诗歌成就一直就很高,更远在“江西派”诗人之上。王若虚之说,正是针对魏庆之的“余观东坡南迁以后,全类子美夔州以后诗,正所谓老而严者也”(《诗人玉屑》引《诗话》)之说而发的。

第二首,触题以“信手拈来”写苏轼每作诗文,下笔如三江滚滚,有奔腾不羁之势。苏轼自己也说,他每为文,“如万斛源泉,不择地而出。在平地滔滔汩汩,一日千里无难”。“信手拈来”,亦出自苏轼《次韵孔毅父集古人句见赠》“前生子美只君是,信手拈得俱天成”之句。王若虚指出:这种“信手拈来”的本领,举世为之惊叹,孰优孰劣,孰高孰低,事实早已证明,公(黄庭坚)以“险语”去夸饰自己是苏轼的强大对手(“勍敌”),要与苏轼(“若”)争雄,实在是白费精神(“无劳”)了。宋人魏泰在《临汉隐居诗话》中也说:“黄庭坚喜作诗得名,好用南朝人语,专求古人未使之事,又一二奇字,缀葺而成诗,自以为工,其实所见之僻也。”王若虚在这首诗中借苏轼之语来赞美苏轼,并批评黄庭坚自不量力,其用意明而用语曲也。

第三首,借苏轼《书黄鲁直诗后》的话来批评黄鲁直(庭坚)。苏轼说:“鲁直诗文如蝤蛑江摇柱,格韵高绝,盘餐尽废,然不可多食,多食则发风动气。”蝤蛑是一种大足蟹,两支前螯大而味美,多食则有痛风伤气之弊。黄庭坚喜搜猎汉晋间“奇书”作为材料,主张点化古人成句入诗,谓之“夺胎换骨,点铁成金”法。南宋惠洪《冷斋诗话》记载了黄庭坚的一段论诗之语:“诗意无穷,而人之才有限,以有限之才追无穷之意,虽渊明、少陵不得工也。然不易其意而造其语,谓之换骨法;窥入其意,而形容之,谓之夺胎法。”黄庭坚乃苏门四学士之一,颇有才气。他力主以故为新,并写过不少好诗,在摆脱晚唐和“西昆体”的影响方面,无疑是有贡献的。但是,因为“人之才有限”,诗之“意无穷”,为了省力、省时,便把点化古人成句入诗作为一条创作原则来推广,这显然是违背了诗词创作的规律。也许有人问:难道不可以“化腐朽为神奇”? 请打开数千年的中国诗歌史,有几位诗人能到达如此境界? 将别人嚼过的馍再来加工制造,这还能是好馍么? 所以王若虚说:黄庭坚的主张只能博得苏轼“一笑”。

第四首指出“文章自得方为贵”,不能像佛家那样,传给弟子一副“衣钵”,便代代相因,祖师爷念“阿弥陀佛”,弟子跟着也念“阿弥陀佛”。如此作为,即便是

"衣钵相传",又岂能是"真"? 王若虚在这里所说的"真",指的从肺腑流出的真感情、真卓见、真襟抱。"江西派"的"祖师"黄庭坚与苏轼比,已经"低"了"一著",那么"纷纷法嗣"(佛家指继承者)的又有"何人"呢?"衣钵相传",指佛教中师徒间的佛法相传。《旧唐书·神秀传》记载,达摩说他是释迦牟尼的弟子,"有衣钵为记,世相付授"。王若虚在《滹南诗话》中指出:"鲁直开口论句法……而门徒、亲党,以衣钵相传,号称'法嗣',岂诗之真理也哉!"王若虚同时批评黄庭坚之诗"有奇而无妙,有斩绝而无横放,铺张学问以为富,点化陈腐以为新","如肺肝中流出者"甚少。亦如魏泰所说:"句虽新奇,而气乏浑厚。"无论你多么新、多么奇,终归缺少社会内涵和精神实质,没有感人肺腑的激情,自然也就不会有永恒的生命力。

从以上四首诗中不难看出,王若虚对苏轼与黄庭坚的成就和创作态度是十分鲜明的。他认为苏轼"理妙万物,气吞九州,纵横奔放",若云中之龙,辗转腾挪,"莫可测其端倪"。而黄庭坚之"夺胎换骨",借南朝之僻典或成句化而入诗,正如魏泰所说是"缀葺"古人已建之楼阁,是最狡猾的"剽窃"行为。

诗属心血的结晶,须从肺肝流出,应独出机杼、独具面目,即王若虚主张的"文章自得"、"自然天成"。恰如其分地用典使事,用得好,如盐融于水,不见痕迹,往往还能丰富诗词的内涵,增强诗词的表现力和韵味,但关键在于如何承袭古人的成果。僵化地承袭古人,把"点铁成金,夺胎换骨"之法搞成一种定式、一种规限,形成一个派别,无异于把写诗搞成产品的系列加工,用同一个模子铸造,其结果必然走上千篇一律的形式主义创作道路,并把一大批继承者引向死胡同。王若虚主张求"真",主张"自得",主张"如肺肝中流出",这是颇有见地的。他说:"文章以意为主,字语为之役",这就继承了苏轼关于"神似"与"形似"的辨证观点,认为诗歌"妙在形似之外,而非遗其形似","不窘于题"而又"不失其题",这样,便能创作出上乘的诗歌作品。

论诗三十首(录五)

(金)◎元好问

其　四

一语天然万古新,豪华落尽见真淳。南窗白日羲皇上,未害渊明是晋人。

元好问(1190—1257),字裕之,金太原秀容(今山西忻县)人。曾读书于山西遗山,因号遗山山人,世称元遗山。金宣宗兴定五年(1221)进士。官镇平、内乡、南阳等县县令。后入朝,历尚书省左司员外郎,入翰林,知制诰。金亡不仕。有《遗山先生文集》四十卷。又编金人诗为《中州集》十集。

据诗人自注,组诗作于金宣宗兴定元年(1217),当时他住在三乡(今属河南洛宁)。本篇专论陶诗,藉以表达其崇尚自然的诗歌主张。

自然,是陶诗最突出的美学特质。这种特质首先体现在诗歌语言上。在陶诗中,那种仿佛脱口而出、不假雕琢而又情味隽永的诗句几乎比比皆是。像“有风自南,翼彼新苗”,“相见无杂言,但道桑麻长”,“采菊东篱下,悠然见南山”,“及时当勉励,岁月不待人”等诗句,都达到了一种“胸中自然流出”的境界。元好问用“一语天然万古新”这句诗,高度概括并热情赞美了陶诗语言这种妙绝万古的“天然”美学特征。天然,即自然生成,与人工造作、雕琢斧凿相对。但陶诗的“天然”,却非单纯的肆口而出,而是在朴素自然的诗句中蕴蓄着浓郁的诗情和理趣,经得起反复咀味,久而弥新,因此说“万古新”。“一语”与“万古”的对照。“天然”与“新”的映发,既显示了陶诗之“天然”的高度美学价值,又表露了作者的激赏赞美之情。

次句由表及里,进一步揭示出“天然”诗风的内在本质。“豪华”,此处特指华丽的辞藻,自然也包括刻意雕镂文饰的手段。“真”与“淳”,不只是指诗歌内容(思想感情)的真率、淳厚,更是指它所包含与体现的陶渊明的人格理想和社会理想。陶渊明强调自己“质性自然”,崇尚“抱朴含真”,他说:“羲农去我久,举世少复真。汲汲鲁中叟,弥缝使其淳。”可见所谓“真淳”,正是指一种类似上古时代的合乎自然的淳朴真率的人性。陶诗的内在审美价值，正是表现了这种真淳的人性之美。元好问认为，要表现“真淳”的人性美，靠“豪华”的辞藻和雕琢的手段只能是南辕北辙。雕琢伤真，华侈失淳，只有“落尽”“豪华”，方能显现出人的“自然”质性——真淳。这里所表述的，正是“天然”诗语与“真淳”质性和谐统一的观点。

陶渊明一方面慨叹“羲农去我久”，“真风告逝，大伪斯兴”，另一方面又仍然在追求那种似乎可望而不可即的上古之民的“傲然自足”境界。他在《与子俨等疏》中充满诗情地宣称：“五六月中，北窗下卧，遇凉风暂至，自谓是羲皇上人。”《归去来辞》也说：“倚南窗以寄傲。”这是他所追求的生活情趣，也体现了一种生活理想与社会理想。元好问化用陶句，赞美陶潜，说陶潜高卧南窗，追踪羲皇上人的境界，并不妨碍他是晋代的人。这里颇有弦外之音。在某些人看来，那种自然质朴的诗风及其所体现的“真淳”人性，似乎只能产生在远古的羲皇之世，到了后世，风俗大变，诗也踵事增华，不可能再出现那种诗风。元好问则认为关键在于诗人是否有高逸的生活理想与审美情趣。陶渊明虽然生活在“大伪斯兴”、举世少真的晋代，却并不妨碍其追求抱朴含真、傲然自足的精神境界。有此境界，方能有“天然”、“真淳”之诗。如果说第二句揭示了“天然”诗风的内在本质，那么三、四两句则进一步揭示了这种诗风形成的原因。这里所显示的，正是诗风、人格和精神追求的统一。

论诗崇尚自然，是元好问诗论的一个重要观点。除本篇外，他在这组诗的第七、第二十九中也都有类似的表述。

其　七

慷慨歌谣绝不传，穹庐一曲本天然。中州万古英雄气，也到阴山敕勒川。

《论诗》绝句三十首以评论作家作品为主，间或也发表诗歌主张。总的看来，元好问赞成刚健、自然的风格。这从他高声赞美曹植、刘桢为“四海无人角两雄”，陶潜的“一语天然万古新”，韩愈乃“合在元龙百尺楼”，皆可以证明。特别值得寓目的，是他以突出地位标榜一首北国民歌，那就是以“天苍苍，野茫茫，风吹草低见牛羊”的歌唱蜚声百代的《敕勒歌》。

“歌谣数百种，子夜最可怜。慷慨吐清者，明转出天然”（《大子夜歌》）。这是南朝歌手夸耀南方民歌的一首比老杜更早的论诗绝句。民歌从来言为心声，不假雕琢，所以具有“慷慨”、“天然”的本色。不过，“宫商发越”的南朝民歌，同“重乎气质”的北朝民歌一比较，又要旖旎得多。换言之，“慷慨”与“天然”的评语，似乎更适用于北歌。但北方文化毕竟落后于南方，歌谣的记录和整理远未受到重视，任其自生自灭，多有湮没不闻者。《敕勒歌》这首本出于鲜卑语的民谣，居然通过汉译而流传下来（据《乐府诗集》引《乐府广题》），不能不说是一大奇迹。明乎以上道理，本篇上一联“慷慨歌谣绝不传，穹庐一曲本天然”方有确解。两句起码含有三层意思：一是为北方民歌未受到应有的重视而慨叹惋惜（“绝不传”）；二是说《敕勒歌》的流传弥足珍贵，因其诗有“天似穹庐”之句，故以“穹庐一曲”呼之；三是说北国民歌才是“慷慨”、“天然”的典范，《敕勒歌》则是典范中的典范。

显然，元好问的意思又绝不是说“慷慨”、“天然”之作舍此莫属。如果作这样理解，读者就无法解释他对刘琨、老阮以及前面提到的那些作家的由衷激赏。遗山似乎正是为了消除这种误会和可能导致的指责，从而写出了既豪迈而更有分寸的下一联：“中州万古英雄气，也到阴山敕勒川。”这里的“英雄气”，乃指汉魏杰出诗人“鞍马间为文”的气概。以“英雄”名其“气”，是由其诗慷慨的特色着想，也是一种高度评价。“也到阴山敕勒川”，则给《敕勒歌》以同样高度的评价。将一首短小民歌与诗人杰作相提并论，在当时不能不说是一种新见和高见。前二句曾将《敕勒歌》称为“穹庐一曲”，这里又据歌的首句（“敕勒川，阴山下”），以“阴山敕勒川”相代指，“中州”和“阴山敕勒川”本是两个地理概念，在诗中则分别指代中原诗歌和北方民歌。说此处风气也到彼处，就与“春风不度玉门关”那样的说法恰恰相反，令人感到很新鲜，很有意味。

作为北魏拓跋氏的后裔，元遗山唱出“中州万古英雄气，也到阴山敕勒川”，显然是充满自豪之情的，其意蕴超出了就诗论诗之本身。虽然并非汉族人，然而在诗歌理论上，他继承了杜甫、陈子昂，自成大宗，诗歌创作上则“气旺神行，平芜一望时，常得峰峦高插，动地澜翻之概，又东坡后一作手”（《说诗晬语》）。他是可以以中原文化的传人自许的。因而“中州万古英雄气，也到阴山敕勒川”二句，似乎还传出了由于文化联系促进民族融合的亲切消息。“江山代有才人出，各领风骚数百年”（赵翼）的豪情，在这里从另一个角度，在另一种意义上，得到了发抒。

其十二

望帝春心托杜鹃，佳人锦瑟怨华年。诗家总爱西昆好，独恨无人作郑笺。

此诗前二句明显引用或化用自李商隐《锦瑟》，因此人们很容易把元诗前两句看成对《锦瑟》诗的摄述。第三句中的“西昆”，本指宋初标榜学李商隐的“西昆体”作者杨亿、刘筠、钱惟演等人的酬唱之作（有《西昆酬唱集》），这里实际上指李商隐的诗。第四句中“郑笺”本指汉代经学大师郑玄为《诗经》作的笺注，这里泛指精确的笺注解说。从字面看，后两句的意思是：诗人们虽然都喜爱李商隐的诗歌，只可惜没有人为它作精确的笺解。

如果这首诗的内容仅仅是慨叹义山诗虽好而难解，那就很难称得上是“论”诗之作，而且与《论诗绝句》其他各首迥不相侔。试看其评刘琨：“可惜并州刘越石，不教横槊建安中。”论陶潜：“一语天然万古新，豪华落尽见真淳。”都能用精炼的语言从总体上揭示出其诗歌风貌特征，为什么在论及义山诗时却只能徒叹缺乏解人呢？联系《锦瑟》诗和义山整个诗歌创作来考察，就会豁然开朗，明白遗山此诗实际上是巧妙地借用义山诗语来评论其诗歌创作，表现了他对义山诗整体风貌的切实把握。

义山诗的基本特征，是多寓托身世之感、伤时之情，渗透着浓重的感伤情调。而《锦瑟》正是用概括、象征的手段集中抒写华年身世之感的典型诗例。“望帝春心托杜鹃”一句，正是通过望帝魂化杜鹃、泣血悲啼，寄托不泯的春心春恨这一象征性图景，来表达哀怨凄迷的瑟声和诗人的心声，象喻自己的春心春恨（美好的愿望与伤时忧国、感伤身世之情）都“托”之于如杜鹃啼血般哀怨凄断的诗歌。那倾诉春心春恨的望帝之魂——杜鹃，不妨视为作者的诗魂。明乎此，就不难明白，元好问于《锦瑟》诗中首拈此句，正是要借此概括义山诗的基本特征，结合下句，其实际意思是：李商隐这位“佳人”（即才人），正是要借“锦瑟”（可以包括《锦瑟》这首诗，但在这里已经泛化为整个诗歌创作）来抒写华年身世的悲怨，他的满腔春心春恨都寄寓在杜鹃啼血般的诗歌中了。这里不仅概括揭示了其诗歌内容的基本特征——“怨华年”，而且显示了其情调的感伤哀怨和工于寄托。妙在这种概括与揭示，完全是就地取材，利用现成的义山诗句与诗语，而且连带着运用了原句中的象征手法，因此显得妙合天然，毫不费力。

理解了前两句，后两句的弦外之音也就不难听出。诗人实际上是慨叹许多爱好义山诗的诗人们并没有真正懂得它的内蕴，而自己独得其秘的含意也就隐见言外。元好问已经为李商隐的诗（包括《锦瑟》在内）作了“郑笺”，只不过它并非对义山诗的具体解说，而是对义山诗整体风貌的宏观把握。根据这种宏观把握，笺注家当然还可以作出许多切实具体的微观解说。

其十八

东野穷愁死不休，高天厚地一诗囚。江山万古潮阳笔，合在元龙百尺楼。

同时齐名的两位作家，随着时间的推移，往往也会分出高低，一般认为是品评孟郊的这首诗，实际上是一篇“韩孟优劣论”。

孟郊字东野，中唐著名诗人，与韩愈齐名。他性格孤直，一生贫困，与贾岛一样以“苦吟”著名。韩愈形容他“刿目鉥心，刃迎缕解，钩章棘句，掐擢胃肾”（《贞曜先生墓志》），又给他的诗以相当高的评价：“有穷者孟郊，受才实雄骜。冥观洞古今，象外逐幽好。横空盘硬语，妥帖力排奡。”（《荐士》）不过，韩愈说孟郊可上继李杜，就不免有私阿之嫌。襟抱旷达的苏东坡是尊韩的，但不甚喜孟郊诗，以“郊寒岛瘦”并列而不赞成韩孟并称：“夜读孟郊诗，细字如牛毛。寒灯照昏花，佳处时一遭。……要当斗僧（指贾岛）清，未足当韩豪。”但有时也表示欣赏：“我憎孟郊诗，复作孟郊语。”（《读孟郊诗二首》）而推崇苏轼的元好问对韩孟诗亦作如是观。

《六一诗话》说：“孟郊贾岛，皆以诗穷至死，而平生尤喜为穷苦之句。”大体符合事实。此即首句“东野穷愁死不休”的最好注脚。《诗经·小雅·正月》云：“谓天盖高，不敢不跼；谓地盖厚，不敢不蹐。”而孟郊诗曰：“食荠肠亦苦，强歌声无欢。出门即有碍，谁谓天地宽！”（《赠崔纯亮》）元好问就概括这些诗意来作为孟郊及其诗的形象性评语：“高天厚地一诗囚。”“诗囚”这个谥号，恰当地概括了孟郊诗穷愁局束的主要特征及作者本人的主观看法，虽不如“诗仙”、“诗圣”、“诗豪”、“诗鬼”之谥那样被普遍认可，亦有充足理由。

在《放言》中，诗人干脆把贾岛也圈进来："郊岛两诗囚。""诗囚"这个称呼在这里显然是带有贬意的，在这一抑之后，诗人用韩愈作对比，对后者给以很高评价："江山万古潮阳笔，合在元龙百尺楼。"韩愈曾被贬为潮州（即潮阳）刺史，故诗中以"潮阳笔"代指韩愈诗文，以"江山万古"予以标榜，则暗用杜诗"不废江河万古流"（《戏为六绝句》），意言其足以不朽。末句用《三国志·陈登传》的著名典故，陈登（字元龙）因不满于许汜碌碌无为，令其睡下床而自卧上床，许汜一直怀恨，刘备知道了却说，如换了他，则"欲卧百尺楼上，卧君于地，何但上下床之间邪"。元好问把陈登事、刘备语精要地铸为"元龙百尺楼"一语，说韩孟诗的比较岂止上下床之别而已。联系到韩愈"低头拜东野……吾愿身为云，东野变为龙"（《醉留东野》）等诗句，这里言下也有"退之正不必自谦"之意。

如果仅仅是扬韩抑孟，也只不过揭示出中唐诗中奇险一派两大诗人孰优孰劣的事实。但本篇的用心不限于此，它包含着更丰富的意味。元好问其实并不鄙薄孟郊，倒常常引孟郊自喻："苦心亦有孟东野，真赏谁如高蜀州"（《别周卿弟》），"孟郊老作枯柴立，可待吟诗哭杏殇"（《清明日改葬阿辛》），就作诗的苦心孤诣，情感真挚，不尚辞藻，不求声律而言，他与孟郊也有一致之处。然而正如苏东坡爱白居易，而又批评"白俗"一样，由于知深爱切，反戈一击，反容易命中要害。元好问对孟郊的批评，实际上也是爱而知其丑。赵翼《题遗山诗》有句云："国家不幸诗家幸，赋到沧桑句便工。"像元好问这样以国事为念的诗人，当然不会十分推崇孟郊那样言不出个人身世的作者。对于雄健奇创，有大家风度的韩愈，也就更为低首下心。在《论诗》中他曾两次通过对比表扬韩愈诗风，实有"高山仰止"的诚意。

元好问《论诗》系效法杜甫《戏为六绝句》而又有所发展。杜诗数首于作家只及四杰，而元诗常在一诗中比较两家，就是一种出新。本篇在写作上很注意形象性，因而说理议论中颇具情采，"江山万古潮阳笔，合在元龙百尺楼"比"未足当韩豪"那种概念化抽象的诗句，也就更有韵味，更易传诵。

其二十四

有情芍药含春泪，无力蔷薇卧晚枝。拈出退之山石句，始知渠是女郎诗。

研究或欣赏文学作品，人们常常有这样的体会，即单独品味某家作品，想准确地抓住它的风貌特征，或许觉得不易。而如果能够找出有关作家，加以对照比较，则他们的特征，就可能被看得清楚一些。这首论诗绝句，运用的正是比较法。秦观《春日》诗："一夕轻雷落万丝，霁光浮瓦碧参差。有情芍药含春泪，无力蔷薇卧晚枝。"虽然是轻雷细雨，但芍药和蔷薇已感承受不了。诗人把春天的花写得非常娇柔，而他自己惜花的心情也显得非常纤巧细腻。这首《春日》在秦观小诗中很有代表性，取样评诗取出这首来是不错的，但怎样才能把这种风格讲清楚，给人留下突出印象，仍然不是轻而易举的。"拈出退之山石句，始知渠是女郎诗"，这里，品评鉴赏的功夫，更突出地表现在拈得了一个足资参照的对象。韩愈的诗，雄杰奇横，阳刚之气最为充足，而《山石》一诗，除诗题本身就有重、拙、大的特征外，其中写雨后的句子是"芭蕉叶大栀子肥"，对照之下，送给秦观之作以"女郎诗"的雅号，真是既吃得准而又善于调侃。

四句诗评论了两个诗人，由于材料典型，形象生动，对比鲜明，有让人豁然领悟的效果。再加上富有情韵和风趣幽默，又让人感到诗意深长，极耐寻味。

论诗三首(其三)

(金)◎ 元好问

晕碧裁红点缀匀,一回拈出一回新。鸳鸯绣了从教看,莫把金针度与人。

这首论诗绝句最别致之处,就在于它的隐喻性,诗本身刻画展示的是闺房女红。诗人虚构情节,也有一点凭借,那就是《桂苑丛谈》的一段故事:“郑侃女采娘,七夕陈香筵,祈于织女曰:‘愿乞巧。’织女乃遗一金针,长寸余,缀于纸上,置裙带中,令三日勿语,汝当奇巧。”后来人们就用“金针度人”代指传授秘诀。“晕碧裁红”,是女红剪裁之事,犹言“量碧裁红”;但“晕”有染色之义,亦是做衣绣花的一环。“点缀匀”指略加衬托装饰,使成品更完美。“一回拈出一回新”,则是说采娘得了织女秘传,遂能得心应手,花样翻新。这两句完全是元好问的创造,根据在“汝当奇巧”一句话。后两句则转折到故事的要义上来,就是采娘对织女有所承诺,即不泄露天机,所以对于别的女伴只能是“鸳鸯绣了从教看,莫把金针度与人”。诗人在叙事中,略去了原型的神话成分,而更多地描绘了一种生活情景。生活中不是就有这样的能干而矜持的巧妇么?所以元诗实是一种再创造,其手法大致与唐人朱庆馀《近试上张水部》(“洞房昨夜停红烛”)相近,二诗可谓异曲同工。

元好问运用古代传说的目的乃在论诗。从这个角度看, 本篇又有深刻的理

致。《桂苑丛谈》故事本身就包含一个生活哲理，那就是创作能力是不能像技术一样传授的。虽然它采用了神话的外衣，类乎天方夜谭，但剥去这层玄虚的外壳，就能看到闪光的内核。《庄子》“轮扁斫轮”的故事中，匠人可以教人方圆规矩，但不能把修习的造诣传给人，哪怕这人是他的儿子。这个不能传人的造诣，在《桂苑丛谈》中就形象化地变成“金针”，看来“鸳鸯绣了从教看，莫把金针度与人”，并非不把金针度人，而是金针无法度人。

大抵圣于诗者，早已到了得鱼忘筌的境界，你要向他要“筌”，“筌”早已不知哪里去了，他只能示人以诗。通过这首诗，元好问形象地告诫人们，要写出好诗，就要加强自身的修养（不外思想、生活、艺术三个方面），修养到家，自然会“得之于手而应于心，口不能言，有数存焉于其间”（《庄子》），所谓“眼处心生句自神”，如果一味贪走捷径，最多只能得到“古人之糟粕”，正是“纵横正有凌云笔，俯仰随人亦可怜”。

朱熹说：“子静说话，常是两头明，中间暗，其所以不说破，便是禅。所谓‘鸳鸯绣出从教看，莫把金针度与人’，他禅家自爱如此。”（《元诗纪事》引《月山诗话》）这并非元好问诗句的原意，但由此也可以见出“鸳鸯”两句富于机锋和理趣，可以给人多方面的启发。

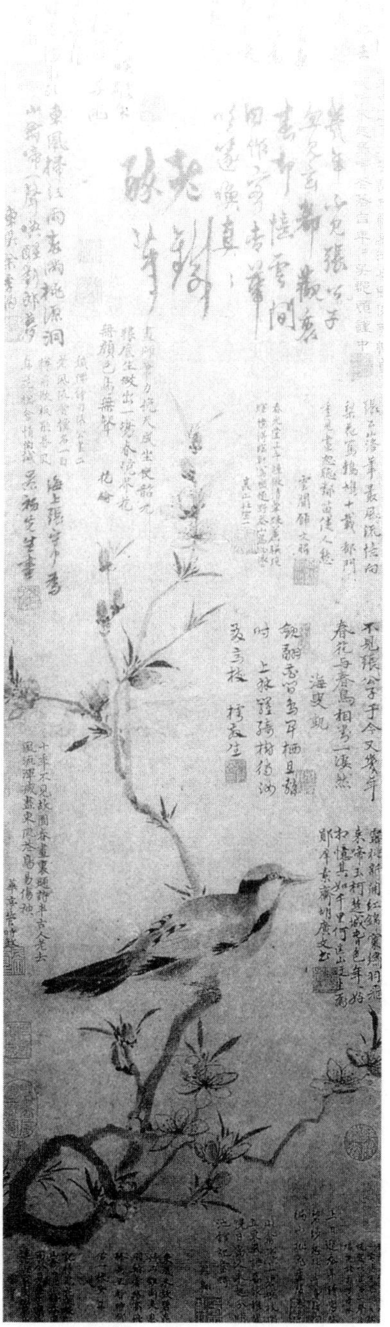

赤壁图

(金)◎ 元好问

马蹄一蹴荆门空,鼓声怒与江流东。曹瞒老去不解事,误认孙郎作阿琮。孙郎矫矫人中龙,顾盼叱咤生云风。疾雷破山出大火,旗帜北卷天为红。至今图画见赤壁,仿佛烧虏留余踪。令人长忆眉山公,载酒夜俯冯夷宫。事殊兴极忧思集,天澹云闲古今同。得意江山在眼中,凡今谁是出群雄?可怜当日周公瑾,憔悴黄州一秃翁。

这是一首题画诗,诗歌通过咏画,借对吴蜀联军的赞誉,隐约表达出面对金王朝衰败而又无力回天的哀叹。

诗分两大部分。前十句为第一部分,是览图回顾历史。开头以极度夸张之笔,来渲染曹操当年兵强马壮、锐不可挡的气势。“马蹄”,代指曹操率领的军队。“荆门”,指荆州。这两句所表现的历史事件发生在公元208年。那时,曹操已经消灭了北方诸割据势力。于是便掉转马头,挥旌南指,直扑荆州与江东。意欲鲸尽江南进而统一中国。正当此刻,刘表病逝,其子刘琮初即父位,他一听到曹操大军直奔荆州而来,便吓得魂飞魄散,连曹操的影子还没看到,就马上派人前去投降了。刘琮投降后,曹操继续率领大军向东进击,真如长江滚滚,直逼江东而来。“马蹄一蹴”写出了曹操的锐气冲天;马蹄一跃便可使得“荆门空”,这就又形象地表现了

取刘琮不费吹灰之力，暗示了刘琮的庸弱无能。而“鼓声怒与江流东”的景色描写，又写出了曹军的所向披靡的非凡气势。此二句简洁而有声色地交代了赤壁之战发生的背景，又描绘出了交战一方——曹军不可一世的嚣张气焰，给人以“黑云压城城欲摧”的危急之感。

接下来笔锋一转，引出赤壁之战的另一方孙权：“曹瞒老去不解事，误认孙郎作阿琮。孙郎矫矫人中龙，顾盼叱咤生云风。”“孙郎”，即孙权，他十九岁时就继承父兄之基业，担负起了巩固江东的重任。据载，曹操见他训练的军队肃整，曾大为感叹地说：“生子当如孙仲谋(孙权的字)，刘景升子若豚犬耳。”“人中龙”，即人中豪杰。此四句，诗人以异常简洁轻松的笔墨，传神地勾勒出孙权青年英俊的光辉形象。这里，蔑称曹操为“阿瞒”，并说他“不解事”，而用一个“误”字将刘琮映衬孙权，这就比衬出孙权临危不惧、智谋过人，从而也为下面描写他指挥若定，叱咤风云，与刘备联军抗曹，直杀得曹操丢盔卸甲落荒而逃打下基础。然而诗人并未仔细描绘战争中的诸般细节，而是以“疾雷破山出大火，旗帜北卷天为红”出之。这样来写，既描绘出了联军破曹的勇猛威势，又形象地介绍了战争结局。“疾雷”二句，描绘得极其精炼而传神，使读者仿佛听到了风声、浪声、喊声、杀声，真是声如“疾雷”，势如“破山”，仿佛看到了大火冲天，硝烟滚滚，战旗猎猎，鲜血横飞的场面，真给人以身临其境之感。

这一部分是观画卷而回想赤壁之战，注重场景描绘。将历史场面与雄伟江山融合在一起，将历史事件深深地铭刻于山水之间，给自然景色烙上了历史的印迹。可谓笔笔传神写照，句句力透纸背，动态鲜明，使人如闻其声，如临其境。诗人不仅对雄奇壮美的河山赞叹不已，更由衷地生发出了对历史的追怀，对吴蜀联军以弱胜强发出了由衷的钦佩之情。

“至今图画见赤壁，仿佛烧虏留余踪”，这是紧承“天为红”而来，通过“仿佛”二字，巧妙地将画卷与赤壁大战火烧连营联系起来，从而，为一幅《赤壁图》注入了浓重的思古之幽情。

第二部分，由历史转向现实，抒写作者面对《赤壁图》所产生的联想和感受。诗人由自己的怀古而想到另外一个与自己情怀一致的古人，他就是苏轼：“令人长忆眉山公，载酒夜俯冯夷宫。”苏轼，四川眉山人，故此处称之为“眉山公”。他创作了著名的前、后《赤壁赋》，赋中抒发了自己深沉的历史感慨。“冯夷”，水神名。《后赤壁赋》中有“携酒与鱼，复游于赤壁之下，攀栖鹘之危巢，俯冯夷之幽宫”的描绘。那么，作者与苏轼到底是在哪里找到了心灵的契机与共鸣呢？这里没有马上点破，只是感慨道：“事殊兴极忧思集，天澹云闲古今同。”大意是说：虽然时序流逝，王朝更替，世事不同，但人们面对历史所抒发的感慨，人们的忧思，大约还是相同的吧。

下面，诗人荡开一笔，由古而及于今，由江山而及于世事："得意江山在眼中，凡今谁是出群雄？"这称心如意，留有古代英雄赫赫丰功伟绩的河山依然就在眼前，可是当今的时代又有谁是那超群出众的英雄呢？言外之意，是说如今再也没有当年孙权那样面对压境强敌力挽狂澜，拯救国家危亡的英雄了。"凡今谁是出群雄"用杜诗成句设问，充满了迷惘失望的情绪，表现出作者深沉的悲国忧时之思以及才不为时用的哀伤。

最后诗人将思绪又拉到对历史人物的追怀上："可怜当日周公瑾，憔悴黄州一秃翁。"周公瑾，即周瑜，他是吴国年轻而杰出的将领，是赤壁大战的三军统帅，是破曹取胜的决定性人物之一。"黄州一秃翁"，指苏轼。宋元丰三年苏轼曾被贬为黄州团练副使。诗人说真正欣赏周瑜才能的不是别人，却是当年失意落魄的苏轼啊。苏轼对周瑜极为欣赏，宋神宗元丰五年（1082）谪居黄州游赤壁时，写下了著名的《念奴娇·赤壁怀古》。他深感时光流逝，功业未就，借周瑜在赤壁之战建立大功的往事以抒发自己的怀抱，并塑造出"遥想公瑾当年，小乔初嫁了，雄姿英发。羽扇纶巾，谈笑间，强虏灰飞烟灭"的少年周郎的光辉形象，抒发了自己追求功业的豪迈情思，同时也流露出"人生如梦"的忧伤。作者以"黄州一秃翁"作结，看似有点不着边际，实则是神来之笔，言至简而意甚丰，调侃戏谑之中，不仅表现出了与苏轼古今同慨的历史感受，而且也准确地表达出自己的激动情怀，大大丰富了诗歌的思想内涵，拓展了诗歌的思想境界。

此诗挥洒自如，流畅自然而又神完气足，首二句突兀而起，下笔有神，次二句轻轻一转，由"曹瞒"而转入描写"孙郎"，继之笔渐重，墨渐浓。至"疾雷"二句，已是浓墨重彩地挥笔泼洒了。"至今图画见赤壁"二句，承上启下而点题，将第一部分和第二部分巧妙地衔接在一起。第二部分，诗句之间似断似连，而神情贯通。由"眉山公"而起，至"黄州一秃翁"而结，在"忧思集"与"今古同"中隐隐现出思绪的脉络。这后段的写法，是以神运笔，重在点染。总的来看，整首诗轻重缓急，极富节奏，那浪漫挥洒而又暗合法度的诗笔，正与《赤壁图》的风格相契合。二者的和谐统一，更增添了诗与画的美感价值。

题牧牛图

（元）◎张　翥

去年苦旱蹄敲块，今年水多深没鼻。尔牛觳觫耕得田，水旱无情力皆废。画中见此东皋春，牧儿超摇犊子驯。手持鸲鸲坐牛背，风柳烟芜愁杀人。儿长犊壮须尽力，岂惜辛勤供稼穑。纵然喘死死即休，不愿征求到筋骨。

张翥（1287—1368），字仲举。晋宁（今江苏武进）人。尝从学于李存，受师法于仇远。惠宗至元初，召为国子助教，分教上都。不久退居淮东。起翰林国史院编修，累迁翰林学士承旨。致仕，加河南行省平章政事。时号蜕庵先生。工诗词。古体多讽谕，近体、长短句清圆稳贴，颇为时人推重。有《蜕庵集》五卷，《蜕庵词》二卷。

乍观诗题，似为题画之作。细读全诗，才知别有用心。元代文人画，乃至古代文人画，大都是个人性灵情趣的发抒，谓之"墨戏"，很少有揭露现实之作。张翥所看到的《牧牛图》正是最通常的立意构思：一个春天的山坡上，逍遥的牧童骑在牛背上，手里还停着一只八哥，如与人相语。画上的空白处则补一条柳枝，婀娜动人。

这样一类水墨小品画，往往使观摹者油然而生羡慕闲逸的情绪。在诗人，就会有"田父草际归，牧童雨中牧"（王维）、"童子柳阴眠正着，一牛吃过午阴西"（杨万里）一类田园诗句，令人羡之不及，哪会想到悯农呢！而张翥这位心忧百姓的诗人，看画时却不持审美的态度，因此感到这画与现实差之天渊，因而格格不入。他越想越远，离"画"万里："去年苦旱蹄敲块，今年水多深没鼻。"去年大旱，土块坚硬，牛蹄踏地有声；今年大涝，田水之深，淹过牛鼻。旱地难耕，涝田难犁，即使耕牛战战兢兢地耕过犁过，仍然见不到收成："水旱无情力皆废。"变牛本来就是前世造下的孽，难道变了牛还要遭这样的罪！诗人为耕牛愤愤不平，对画家表示深深不满："画中见此东皋春，牧儿超摇犊子驯。手持鸲鸲坐牛背，风柳烟芜愁杀人。""愁杀人"三字表明一种抵触的心理，也许他想：要真像这样倒也好了。

诗人似乎又在想：也许画中的牧童和牛犊尚小，才有这样逍遥吧。于是情不自禁地对他们寄语："儿长犊壮须尽力，岂惜辛勤供稼穑。"牧童大了，牛壮了，也免不了力耕，也免不了要遇到灾祸。诗最后两句又翻出"征求"（搜刮）可怕一义，说累死也罢，敲骨吸髓的"征求"才叫人受不了呢。这就使诗意从反映自然灾害为祸之烈，上升到反映阶级剥削之苦，增加了诗篇批判现实的深度。

闻邻船吹笛

（明）◎ 杨　基

江空月寒露华白，何人船头夜吹笛。参差楚调转吴音，定是江南远行客。江南万里不归家，笛是分明说鬓华。已分折残堤上柳，莫教吹落陇头花。

杨基（1326—1378），字孟载，号眉庵。原籍嘉定（今四川乐山），生长吴中。初为张士诚幕僚。明初官山西按察使，后谪为输作，卒于工所。为“吴中四杰”之一。有《眉庵集》。

此诗在描写音乐上另辟蹊径，通过对笛声表达的内容和情调的描写和渲染，表现出音乐的效果和演奏者的感情，并把自己的感情寄寓其中。

开首两句，点出了闻笛的时间、环境、气氛、景色。写在一个霜露满天、江月普照的深秋的夜晚，作者在空寂冷清的江面上，听到邻船传出动听的笛声。“何人”二字，表明对吹者的不知不识，为后面揣度、描写笛声留下了充分的余地。

次联由上句贯下，直写笛声：参差曲折，动听悦耳的楚调转奏吴音，那么，这位奏者一定是漂泊在外的江南游子了。由乐度人，既写出了笛声的转换，又写出了作者的心理活动。

江南游子漂泊在万里之外不能回家，他的心情是怎样的？那笛声分明在诉说自己鬓毛斑斑，思乡之苦催人先衰了。这里，由人度乐，紧承上句，是进一步写人，也是更深一层写乐，诗意进一步突出，也为下两句写乐抒情作好了铺垫。

末联紧承上联写乐。“已分”，已料。“折柳”，古乐曲名，多为伤别怀人之辞，李白有“此夜曲中闻折柳，何人不起故园情”的诗句。作者即巧妙化用李白诗意，说吹笛者反复吹奏《折柳》伤别之曲，我料想那堤上的柳都折残了，切莫再吹落寄与陇头人的梅花了。古代吴人陆凯与范晔相善，陆寄范的诗曰：“折梅逢驿使，寄与陇头人。江南无所有，聊附一枝春。”以上两句皆化用典故，说明笛声吹奏出伤别的曲子已令人心醉，切不要再奏连回归的音信都没有的曲子了。

全诗写乐而不直写声调的动听婉转，也不直写听者如何为曲所动，却反复表述吹奏者传达出的情思，从而将作者深深的身世之感寄寓其中，写声情也是写心情，写吹笛者也是写自己，从而使情、景的交汇达到出神入化的程度，这是本诗在表现手法上的一个很突出的特点。

长江万里图

（明）◎ 杨 基

我家岷山更西住，正见岷江发源处。三巴春霁雪初消，百折千回向东去。江水东流万里长，人今漂泊尚他乡。烟波草色时牵恨，风雨猿声欲断肠。

这是一首题画之作。诗人眼前也不过一幅普普通通的山水长卷罢了，但他由“长江万里”画题，一下子就想到了故乡山水，也真可谓视通万里了。施补华《岘佣说诗》道：“‘我家江水初发源，宦游直送江如海’，确是东坡游金山寺发端，他人抄袭不得，盖东坡家眉州，近岷江，故曰江初发源。”杨基本人生于吴县，但其故家在嘉州（今四川乐山），和苏东坡攀得上同乡。“我家岷山更西住，正见岷江发源处”二句，亦如坡诗。

《华阳国志》：“建安六年，璋乃改永宁为巴郡，以固陵为巴东，徙庞羲为巴西太守，是为三巴。”诗中“三巴”泛指蜀中。岷江之水发源于川西雪山，入长江，以后“众水会涪万，瞿塘争一门”（杜甫），再东注大海。尽管流程中有百折千回，终将朝宗于大海。这种自然的趋势，不正和人生一样，和杨基本人经历一样吗？本来是岷山的儿子，却不会终老于江源，在人生道途中不断转徙，其间也有不由自主的原因。“江水东流万里长，人今漂泊尚他乡”，便是抒发如此感喟。

印度诗哲泰戈尔有诗云：“河流唱着歌奔向远方，而山崖却站在原地，满怀依依之情。”杨基在自譬江流的同时，不也对自己的故乡——岷山，满怀依依神往之情么？这就是最为普遍的一种人情——游子之情。以上六句也可说将诗人万里程、半生事一气道尽了。

以上都是因观画而生所感。如果没有最末两句回到画面上来，那真是借题发挥，而并非题画了。所以这里虽然只有两句，却是诗中很重要的一笔：“烟波草色时牵恨，风雨猿声欲断肠。”长江风光，以三峡为绝胜。可以推测，这“长江万里图”的取景，是以长江三峡为蓝本的。所以画上有“烟波草色”，同时又使诗人联想到《水经注》所载的三峡渔歌：“巴东三峡巫峡长，猿鸣三声泪沾裳。”这“时牵恨”、“欲断肠”，又自然地和前文的故乡之思、漂泊之感挽合，画面与观感融为一体。

唐人羊士谔《台中遇直览壁画山水》云：“虫思庭莎白露天，微风吹竹晓凄然。今来始悟朝回客，暗写归心向石泉。”沈德潜谓其“随所感触，无非归兴，不必作画者果有此心”（《唐诗别裁集》），也可以移为《长江万里图》评语。由此可以悟到题咏的诀窍，即须写出个人特殊的感受，如题画必此画，“作诗必此诗”，便不能给读者以新鲜的感受。

明皇秉烛夜游图

（明）◎高 启

高启（1336—1374），字季迪，元长洲（今江苏苏州）人。元末隐居吴淞青丘，自号青丘子。与杨基、张羽、徐贲并称“吴中四杰”。洪武初，召修《元史》，授翰林院国史编修。拜户部侍郎，不受。后被明太祖借故腰斩。有《高太史全集》。

花萼楼头日初堕，紫衣催上宫门锁。大家今夕宴西园，高爇银盘百枝火。海棠欲睡不得成，红妆照见殊分明。满庭紫焰作春雾，不知有月空中行。新谱霓裳试初按，内使频呼烧烛换。知更宫女报铜签，歌舞休催夜方半。共言醉饮终此宵，明日且免群臣朝。只愁风露渐欲冷，妃子衣薄愁成娇。琵琶羯鼓相追逐，白日君心欢不足。此时何暇化光明，去照逃亡小家屋。姑苏台上长夜歌，江都宫里飞萤多。一般行乐未知极，烽火忽至将如何？可怜蜀道归来客，南内凄凉头尽白。孤灯不照返魂人，梧桐夜雨秋萧瑟。

这首叙事诗系观图有感的咏史怀古之作。

诗人从《长恨歌》“春宵苦短日高起，从此君王不早朝。承欢侍宴无闲暇，春从春游夜专夜”数句中翻出一段新的文章。他对唐明皇杨贵妃的故事，不作纵向的叙述，而侧重从一个横断面展开描写，这似乎正是受到作为空间艺术的绘画启发的结果。由此便具新意。

诗开篇便写红日西沉，宫中夜幕降临，然而宴乐并没有结束，有消息传来——“大家（皇上）今夕宴西园”，于是红烛高烧，一时火树银花，将宫中照得通明，形同不夜。这就点出题面的“秉烛夜游”之意。古人秉烛夜游，意在及时行乐。而唐明皇晚岁意志消磨，沉湎酒色，在得杨贵妃之后，更是享乐无度。《冷斋夜话》引《太真外传》记叙道：“上皇（即明皇）登沉香亭，诏太真妃子。妃子时卯醉未醒，命力士从侍儿扶掖而至。妃子醉颜残妆，鬓乱钗横，不能再拜。上皇笑曰：‘岂是妃子醉，直海棠睡未足耳。’”诗中即根据小说家言，写出“海棠欲睡不得成，红妆照见殊分明”之句，以形唐明皇游兴之高，以至贵妃被从睡中唤起，开始排演明皇新谱的《霓裳羽衣曲》。时光在流逝，只闻“内使频呼烧烛换”、“知更宫女报铜签”，可行乐的人还觉其时未晚：“歌舞休催夜方半。”所有与会者都通宵达旦地醉饮，于是明皇决定“明日且免群臣朝。”这一情节的根据是《长恨歌》的“春宵苦短日高起，从此君王不早朝”，然而已补充了不少句中应有的内容。“琵琶羯鼓相追逐，白日君心欢不足”则本“缓歌慢舞凝丝竹，尽日君王看不足”，既写出明皇的纵欲无度，又暗示其废政召乱的必然性。

在这里，诗人由“秉烛”字面联想翻用了唐代聂夷中《田家》“我愿君王心，化作光明烛。不照绮罗筵，唯照逃亡屋”诗句，讽刺道：与诗人愿望相反，君王的光明只照在绮罗筵上，何暇顾及逃亡的人民呢？这种情况，就和历史上荒淫无道的吴王夫差和隋炀帝差不多。姑苏台故址在苏州城外姑苏山上，为吴王夫差与西施宴乐所在。李白《乌栖曲》云：“姑苏台上乌栖时，吴王宫里醉西施。吴歌楚舞欢未毕，青山欲衔半边日。”江都宫是隋代宫殿，在江都郡江阳县。隋炀帝曾征集萤火虫数斛，供夜游放飞取乐。李商隐《隋宫》云：“于今腐草无萤火，终古垂杨有暮鸦。地下若逢陈后主，岂宜重问后庭花？”而高启则合此两朝亡国君主之事，与唐明皇秉烛夜游的行径并论：“姑苏台上长夜歌，江都宫里飞萤多。一般行乐未知极，烽火忽至将如何？”这就有力地暗示了唐明皇不能以古为镜，遂陷入前车之覆辙，从而予以批判。

至于安史乱唐的具体过程，非诗人着眼所在，故一概从略。结尾诗笔一跳，仅简要地写出明皇在乱定归京后的凄凉境况，这是秉烛夜游图上看不到，却又与此因果相关的一幅“画图”，前后形成鲜明对照。这里已不见“银盘百枝火”，唯有一盏挑不尽的“孤灯”（此辞也从《长恨歌》来）；这里已不闻琵琶、羯鼓的欢快声音，唯有秋夜滴不尽的梧桐夜雨，像是愁人流不完的眼泪。明眸皓齿的杨贵妃，则早已埋葬在马嵬坡下冰冷的泥土中，室迩人远，乃至“悠悠生死别经年，魂魄不曾来入梦”。总之，这个超出图画本身的结尾描写，是“超以象外，得其圜中”的，具有悲凉的余韵，也表明了诗人的情感态度暨全诗的命意所在。它形象地告诉读者，“成由勤俭败由奢”乃是王朝兴亡的一条普遍规律。

诗叙事集中，妙于剪裁，横向铺写，具备画意。议论少而精要，结尾紧扣主题。诗中多处化用唐人诗意及小说材料，大大丰富了诗句的内涵。

凌波仙·吊词·关汉卿

（明）◎贾仲明

贾仲明（1343—1422），亦名仲名，号水云先生，山东淄博人。有《云水遗音》、《录鬼簿续集》等。

珠玑语唾自然流，金玉词源即便有，玲珑肺腑天生就。风月情，忒惯熟。姓名香四大神物。驱梨园领袖，总编修师首，捻杂剧班头。

作者以《凌波仙·吊词》的形式为元代曲家关汉卿等八十二人立传，此其一。

关汉卿乃元代大戏曲家，"生而倜傥，博学能文，滑机多智，蕴藉风流，为一时之冠"（熊自得《析津志》）。此曲每句写一件事。"珠玑语唾自然流，金玉词源即便有，玲珑肺腑天生就"，是从总的方面用生动、形象的比喻写关汉卿的艺术才华。"珠玑"、"金玉"、"玲珑"皆形容其语出自然、词源心声，是从肺腑中自然流出的，具有"咳唾落九天，随风生珠玉"的"天生"才能。

"风月情，忒惯熟"言其经常出入风月场中，与醉心仕途的伪善者们有迥然相悖的人品个性。朱经《青楼集序》中说关汉卿等"不屑仕进，乃嘲风弄月，流连光景，庸俗易之，用事者嗤之"，即指此。

"姓名香四大神物"从总的方面概括他与白仁甫、马致远、郑光祖等"元曲四大家"将千古留芳。"驱梨园领袖，总编修师首，捻杂剧班头"则更进一步说明关为"四大家"之首。在元代戏曲创作阵地上，关汉卿一生不仅写了《窦娥冤》、《救风尘》、《望江亭》、《单刀会》等著名杂剧（王国维《曲录》为六十三种，而现存仅此四种），他还成立了杂剧作家团体"玉金会"，为"编修师首"，同时还和勾栏瓦肆的演员、歌妓等民间艺人一起演戏。明人臧懋循《元曲选序》中说："关汉卿辈争夹长技自见，至躬践排场，面敷粉墨，以为我家生活，偶倡优而不辞。"他自己在《南吕·一枝花·不伏老》中这样描述自己："我也会吟诗，会篆籀，会弹丝，会品竹。我也会唱鹧鸪舞垂手，会打围，会蹴鞠，会围棋，会双陆。""我是个蒸不烂、煮不熟、捶不扁、炒不爆、响当当一粒铜豌豆。"要了解关汉卿的人品、个性，可参阅此曲。

凌波仙·吊词·白仁甫

（明）◎ 贾仲明

峨冠博带太常卿，娇马轻衫馆阁情，拈花摘叶风诗性。得青楼，薄幸名。洗襟怀剪雪裁冰。闲中趣，物外景。兰谷先生。

仁甫是白朴的字。元钟嗣成《录鬼簿》说："白仁甫，文举之子，名朴，真定人，号兰谷先生。赠嘉议大夫，掌礼仪院太卿。"

"峨冠博带太常卿"——"太常卿"是写白氏地位，而"峨冠博带"即戴着高高的帽子，系着宽宽的衣带，这是一副纯粹的书生模样。出入官场必须着官服，这是中国封建社会为官人的起码礼数，而白朴却用一种与众不同的装束寄迹官场，可见，他与当时的官场是多么的不协调！仅此一句，作者便将白朴潇洒出尘、豪迈不羁的形象昭示于众，显示出白朴是一个极具个性的人。

"娇马轻衫馆阁情"，进一步写白朴作太常卿掌管礼仪时经常穿着一领"轻衫"，骑着一匹娇小玲珑的马，出入馆阁之中，好一副啸傲官场的自得貌。"馆阁"，在宋时分昭文馆、史馆、集贤院，其工作是管理图书、经籍、修史等，这里指其掌管礼仪等事。"拈花摘叶"指游戏于青楼。朱权《卓文君》第二折有"倚翠偎红，拈花摘叶"之句。"风诗性"即以《诗经》中之"国风"比喻白仁甫在杂剧和散曲创作上独树一帜的率直个性与特点。

白仁甫对他的这份拿工资的差事并不满意，经常出入于青楼之中。"得青楼，薄幸名"六字用杜牧"十年一觉扬州梦，赢得青楼薄幸名"意。在青楼中"洗襟怀"，在青楼中"剪雪裁冰"，官场之污浊何其甚也！

"闲中趣，物外景"是说白朴的作品能以一种超然物外的心态于闲中得趣，这和白朴的孤凄身世有着不可分割的原因。白朴八岁时，蒙古军围开封，其父因事出外，其母在乱军中走散，他是随元好问长大的，所以一生于抑郁中度过，不屑仕进。江淮经略使史天泽向朝廷推荐他，他却"再三逊谢，栖迟衡门，视荣利蔑如也"。其词集名《天籁集》，于此可见其超尘脱俗的高洁情怀。"兰谷先生"四字，绝非简单的点出白朴的雅号，而是用"兰谷"二字暗示其人品、个性。

与关汉卿一样，白朴把对现实社会的不满融入了自己的作品之中，用一种谑浪冷峻的态度对待社会和人生，因而在其生活中尤见放浪不羁，其作品则深刻尖锐，反映了残酷、黑暗的社会现实。

论诗二首

(明)◎ 方孝孺

举世皆宗李杜诗，不知李杜更宗谁？能探风雅无穷意，始是乾坤绝妙辞。

前宋文章配两周，盛时诗律每无俦。今人未识昆仑派，却笑黄河是浊流。

方孝孺(1357—1402)，字希直，一字希古，明浙江宁海人。宋濂弟子，人称正学先生。惠帝时任侍讲学士。后因不肯为成祖起草登基诏书被杀。坐诛十族。有《逊志斋集》二十四卷。

明人因不满宋诗近粗，元诗近纤，而提倡师法唐人。学习前人积累的成功经验，原也不错，但世俗的弊端有二：一是将源作流，把唐诗作为范本模拟，跳不出如来手心；二是眼界太窄，看不到宋诗也自有好处，大失老杜“转益多师”之义。两首诗就分别针对这两种弊端进行针砭。

第一首开篇就诗界流风陡发一问，如石破天惊，为当头棒喝。不是都以为作诗非师法唐人不可么？而唐诗不是又以李白、杜甫为极则么？果如其然，李、杜本人作诗又怎么办呢？诗人用了一个简单的逻辑推理即“归谬法”，就指出了世人作诗的一大误区。道理虽然简单，却偏偏无人揭示过，方孝孺捅破这层窗户纸，所以有振聋发聩的力量。这里诗人实际上已经接触到文学创作的源流之辨了，“举世皆宗李杜诗”的误区就在于认流作源。

诗人进一步探源，李杜皆上承风雅(即《诗经》)的传统，宗李杜不如直探风雅之精神：“能探风雅无穷意，始是乾坤绝妙辞。”这可以认为是祖述杜甫“别裁伪体亲风雅”的遗意，也兼有“转益多师”的意味。不过，在这个问题上，方氏还未能达道。他仍未跳出将源作流的圈子，因此未为治本之良方。“实际上，过去的文艺作品不是源而是流”(毛泽东)，而唯一的源泉只能是生活，不少仿唐之作被批评为假古董，根本原因就在这里。话虽如此，方氏能在当时提出“举世皆宗李杜诗，不知李杜更宗谁”这个问题，已经是一个了不起的贡献，足以发人深省。

宋诗在唐诗的基础上发展，而形成自己独特的面貌。虽就总体成就而言不如唐诗，但在某些方面来说则有所独到偏胜。明人崇尚唐诗，有一种全盘否定宋诗的倾向：“唐人诗纯，宋人诗驳。唐人诗活，宋人诗滞。唐诗自在，宋诗费力。唐诗浑成，宋诗饾饤。唐诗缜密，宋诗漏逗。唐诗温润，宋诗枯燥。唐诗铿锵，宋诗散缓。唐诗如贵介公子，举止风流；宋诗如三家村乍富人，盛服揖人，辞容鄙陋。”（《四溟诗话》引刘绩语）虽然道出了二者差异，但褒贬失当也无容讳言。宋诗，尤其是北宋欧、梅到苏、黄的诗，就于唐诗外别开生面，可谓洋洋大观。

第二首便把北宋诗与南宋诗的盛衰比作西周与东周的差异，称北宋为“盛时”，对苏黄等大宗予以充分肯定：“前宋文章配两周，盛时诗律每无俦。”对当时人只看到宋诗末流便轻率否定宋诗、以为无足观者痛加斥责：“今人未识昆仑派，却笑黄河是浊流。”黄河当然是浊流，然而它西决昆仑，咆哮万里，千回百折，比较“白波九道流雪山”的长江，也别有一番气势，何况探其河源，也未必如下游之浊。方氏对北宋诗作出充分肯定，较同时代人自具卓见。事实上，就是南渡之后的陆、范、杨等作家，也还是值得推重的，不能以末流概之。但对一首论诗绝句，也无须求全责备。本篇的意义就在于它较早地对宋诗的独创精神予以肯定。

柯敬仲墨竹

（明）◎ 李东阳

莫将画竹论难易，刚道繁难简更难。君看萧萧只数叶，满堂风雨不胜寒。

李东阳（1447—1516），字宾之，号西涯，明茶陵（今属湖南）人。天顺八年（1464）进士。供职翰林院三十年，官至侍讲学士。曾依附宦官刘瑾。提倡“文必秦汉，诗必盛唐”，影响颇广。成化、弘治年间，形成以其为首的茶陵诗派。有《怀麓堂集》、《怀麓堂诗话》。

柯敬仲名九思，号丹丘生，元代台州（今浙江临海）人，著名书画家，擅长山水、人物、花卉，而以墨竹尤为佳妙，著有《竹谱》。这首诗系作者题其所画墨竹小品，也可当一篇画论读。

初学画竹者画几笔，似乎不怎么难，难在不能多，多则乱，所谓“节节而为之，叶叶而累之，岂复有竹乎”（苏轼）。“繁难”和“简易”这两个词，就是以表明人们对繁简之难易的习惯认识。殊不知这种看法有它的片面性，不尽合辩证法。因为画到一定阶段，就会发现，繁易藏拙，简难讨好，这里难易二字就颠倒了个儿。后来的郑板桥才有“冗繁削尽留清瘦，画到生时是熟时”的自许。由简易繁难，到繁易简难，大约是画竹者螺旋式上升的过程。个中甘味，非老于此道者莫辨，而李东阳本篇可谓探得个中三昧了。

“莫将画竹论难易”，开口就劝人不要轻率谈论画竹难易这回事，因为其中道理深沉，不像一加一等于二那么简单。作者是针对识见肤浅者而言的，也是针对他自己过去的认识而言的，所以此句的“莫将”，也有心商口度的意味。“刚道繁难简更难”，这句中有两个分句，一是“刚道繁难”即硬要说“繁难”（“刚”是程度副词，非时间副词），因为“繁难”是简单的道理，所以才一口咬定，实是“知其一，不知其二”。二是“简更难”，尽翻前四字之案。“简更难”是不合于习惯看法的，但它包含更深刻的道理。所以第二句中有一个波澜跌宕，令人耳目一新。

前二句皆议论，如果接下去再议论，作为诗歌来说不免有空洞抽象之弊。诗人恰到好处，将目光投到画面上来，给第二句的说理以形象的论证：“君看萧萧只数叶，满堂风雨不胜寒。”你看柯先生这幅墨竹，不就只有几笔吗，可说是简到不能再简了，但那“满堂风雨不胜寒”的效果，是随随便便能够达到的吗？如果说易，请君画几笔试试看，恐怕难以呼风唤雨吧！这里的说理因具体生动的例证而变得十分有力。

“君看萧萧只数叶，满堂风雨不胜寒”，起码由视觉沟通了两重的通感：一是作用于听觉的，一幅画居然能产生满堂风雨的感觉，这是耳朵发生错觉，可见画的简而妙；二是作用于感觉的，一幅画居然又让人产生了寒的感觉，这是生理上另一错觉，亦见画的简而妙。从炼句上看，通常形容“只数叶”，用“寥寥”也合律，而诗人却用了“萧萧”，这就不但绘形，而且绘声。这是风吹竹叶、雨打竹叶之声，于是三、四两句就浑然一体了。从语气上看，用了“君看”二字，与首句“莫将”云云，皆属第二人称的写法，像是谈心对话，这就使读者如直接看到作者站在面前大发高言谠论，感觉亲切，只好点头称是，表示佩服了。

文徵明(1470—1559)，初名壁，以字行，更字徵仲，号衡山。正德末年以岁贡生诣都，授翰林院待诏。世宗时，预修《武宗实录》。年九十而卒，私谥贞献先生。诗文书画皆工。有《甫田集》。

题画二首

(明) ◎ 文徵明

过雨空林万壑奔，夕阳野色小桥分。春山何似秋山好，红叶青山锁白云。

近山千丈抵清漪，远树连云入望迷。有约去登江上阁，风雨都在曲楼西。

元明时代文人画有长足发展，题画绝句也兴盛起来。文徵明师从沈周，为著名书画家。《甫田集》题画之作不少，这里选的二首较有代表性。画是一种空间艺术，其本分在展现瞬时并存于空间的物体，而不能直接表现时间流逝的过程，而题画诗则多利用时间艺术的特点，对画境予以想象补充，其措意多在画外。

第一首中前二句“过雨空林万壑奔，夕阳野色小桥分”，基本上是就画面落笔。这是一幅秋夕山水图，诗人在叙写画面景色的同时，也融入了自己的想象。树林、丘壑、野色、小桥，都应是图上之景。而“过雨”即雨霁，则是诗人主观的感觉，因为画家画不出雨过的时间流程。而诗人从那万壑奔流的泉水，融入生活经验，感到这一定是阵雨之后。这里没有出现泉水字面，给省略了，但“万壑奔”三字业已意足。一般说来，山水画上不直接画出一轮太阳，“夕阳”也只是诗人的感觉而已。

三、四句则是题画外的议论，是画笔无从表现的意念：“春山何似秋山好，红叶青山锁白云。”但这意念和议论，并没有脱离画面，“红叶”、“青山”、“白云”皆本画家之构图设色，“秋山”也是画面所绘的对象总体给人的感受。只是秋山胜于春山的这个念头，是画不出的，可以补画面之不足。唐刘禹锡诗云：“自古逢秋悲寂寥，我言秋日胜春朝。晴空一鹤排云上，便引诗情到碧霄。”可谓已先探得骊珠。但文徵明笔下是红叶、青山、白云、小桥、流水，那鲜明的颜色和展开的物象，具有画意。比较而言，刘禹锡诗则纯属抒情言志而已。故不雷同。

第二首前二句仍属画意的叙写：“近山千丈抵清漪，远树连云入望迷。”这是体裁决定了的题中应有之意。而诗人的妙思则见于丹青之外，三、四句便由画景联想到朋友的约会和联袂登阁，“有约去登江上阁”。画中可以添上人物，但画不出“有约”的意念。而“风雨都在曲楼西”这个景色，也是诗人想象所得。风雨偏于楼西，那就是“东边日出西边雨”，一般也不会这么画的。诗句之妙，全在“曲楼西”，即西至何处，可能在画外，这也许是由画面登楼人的朝向而作的推想。而登阁观远方雨景，原也十分快意。独到的诗句仍出于生活的体验。

风鸢图诗

（明）◎ 徐　渭

柳条搓线絮搓棉，搓够千寻放纸鸢。消得春风多少力，带将儿辈上青天。

徐渭（1521—1593），字文长，一字文清，号天池山人、青藤山人，明山阴（今浙江绍兴）人。科场失意，为浙闽总督胡宗宪幕僚，对抗击倭寇多有策划。胡得罪被杀后，终身潦倒。诗文主张独创，反对摹拟。有《徐文长全集》、《徐文长佚稿》、《徐文长佚草》、《四声猿》等。

《风鸢图》是作者晚年的得意之作，乃慕北宋画家郭恕先作《风鸢图》韵事而拟作，画成后，每图配诗一首，共 25 首，以尽其兴。这里所选是其中的一首。

“柳条搓线絮搓棉，搓够千寻放纸鸢”，放风筝需要结实的长线，所以本篇开始就以搓线起兴。两句一连出三“搓”字，极有一唱三叹之趣。放风筝用的是较细的麻绳，这绳既不能用柳绵（柳絮）搓，也不能用柳条搓。可知首句“柳条搓线絮搓棉”是作者结合春风杨柳的景色而产生的浪漫想象。据载郭恕先曾戏弄求画者，故意在匹素上画小童放风筝，引线数丈满之。这很使诗人神往。“搓够千寻”（一寻为八尺）也够夸张了，似乎没有八千尺长绳就别“放纸鸢”。诗人这样写，使人感到他兴致很高，不禁也受到他高兴情绪的感染。

后二句，“消得”是反诘语气，意即不消春风多少力。耐人寻味的是最末一句：“带将儿辈上青天。”这里的“儿辈”，似乎本应指纸鸢而言，联上句意思即：不消春风多少力，便将这些纸鸢送上了青天。然而“儿辈”二字，其实是指放风筝的儿童。他们的心完全系在风筝上了，所以纸鸢上天，也等于“带将儿辈上青天”了。于是这句便有双关之妙，但这还仅限于字面意义。最有意思的是，这两句还构成了一个象征意义。就像薛宝钗《柳絮词》所祈愿“好风凭借力，送我向青云”一样，作者希望好风吹送儿辈上天，实际也包含有一种殷切的期望和深情的祝福：愿儿辈比我辈更加有造化吧！希望寄托在你们身上。正是这种象征意义，使诗境得到进一步的升华。读者不可只当放风筝去读。

听朱生说《水浒传》

（明）◎ 袁宏道

袁宏道（1568—1610），字中郎，号石公，明公安（今属湖北）人。万历二十年（1592）进士，官至吏部郎中。与其兄宗道、弟中道并称为“三袁”，同为“公安派”创始人。反对前后七子摹拟、复古的主张，强调不拘格套，抒写性灵。有《袁中郎集》。

少年工谐谑，颇溺滑稽传。后来读水浒，文字亦奇变。六经非至文，马迁失组练。一雨快西风，听君酣舌战。

明代万历年间，随着商业经济的繁荣，市民阶层的兴起，小说、戏曲等原来不登大雅之堂的通俗文学，得到了蓬勃发展，一些思想比较解放的文人，也开始对它们刮目相看，传统的诗文为主的文学观念发生了动摇。“公安派”领袖袁宏道的这首诗就大胆地发表了异端的见解，其题材、思想内容非唐宋能有。

“公安派”的文学主张是反对复古，主张“独抒性灵，不拘格套”。本篇一开端就标榜与众不同的读书兴趣和个人情性：“少年工谐谑，颇溺滑稽传。”“滑稽传”即《史记·滑稽列传》，它是古代宫廷演员的传记。从小说史角度而言，《滑稽列传》只具小说雏形。到当时成书的《水浒传》，其间进步不可以道里计。《水浒传》是成熟的、优秀的长篇小说，所以诗人给以更高的评价：“后来读《水浒》，文字亦奇变。”文字奇变是指《水浒传》相对于《滑稽列传》的进步吗？否。这是就“少年工谐谑”而来，言个人受《水浒传》的影响，在文学创作上，文笔上有奇妙的长进。诗人直言不讳地宣布自己受一本小说的影响如此之大，在当时也是要有勇气的。

更为惊世骇俗之谈是："六经非至文，马迁失组练。""六经"本指《诗》、《书》、《礼》、《易》、《乐》、《春秋》，此泛指儒家经典。"马迁"即司马迁，此指《史记》。"组练"系借精锐部伍喻精彩文章。把小说《水浒传》抬举到经史典籍之上，简直是离经叛道的语言。但把这种议论与李卓吾、金圣叹等人的文学批评联系起来，就可以看到它反映了一个新的文学思潮，即小说这种重要的文学体裁终于以其实绩，后来居上，将执众文体之牛耳。

这首诗题是听说话人朱生说《水浒传》，却用了六句来高度评价《水浒传》其书，表现个人对此奇书的特殊爱好、特殊感情。这并不是离题，相反，由于酝酿得充分，最后两句点题水到渠成，且有画龙点睛之妙。"一雨快西风，听君酣舌战"，写尽听评书的快感。评书，全凭说话人一张嘴，一条三寸不烂之舌，外加惊堂木，一说起来，千军万马也可以调动，风风雨雨呼唤就来，有的情节是原作底本根本没有的，也任凭说话人添盐加酱。

岂不见南京柳麻子，"说景阳岗武松打虎白文，与本传大异，其描写刻画，微入毫发，然又找截干净，并不唠叨，勃夬声如巨钟，说至筋节处，叱咤叫喊，汹汹崩屋。武松到店沽酒，店内无人。蓦地一吼，店中空缸空甓，皆瓮瓮有声。闲中著色，细微至此"（张岱《柳敬亭说书》）。本篇则以"一雨快西风，听君酣舌战"，写活了一个说书人，也写活了一个书迷，令人称绝。而朱生和柳麻子一样，都是可以进入《滑稽列传》的人物。

赠柳生

(清)◎ 毛奇龄

毛奇龄(1623—1716),字大可,号初晴,郡望西河,浙江萧山人。早年参加过抗清活动,后归隐。康熙十八年(1679)应博学鸿词科,授官翰林院检讨。长于经史之学。有《西河合集》。

流落人间柳敬亭,消除豪气鬓星星。江南多少前朝事,说与人间不忍听。

"柳生",即柳敬亭,善说书,为明清之际著名说书艺人。本姓曹,因得罪逃亡在外,改姓柳。曾在明末抗清将领左良玉幕下,颇受左的赏识,左死后,大部分时间是在市民中间说书。为人能辨善恶,表达人民爱憎,明亡后,更借说书抒发胸中的慷慨悲凉情绪,死时年约九十。他说书的技巧非常高明,黄宗羲在《柳敬亭传》中说:"五方土音,乡俗好尚,习见习闻,每发一声,使人闻之,或如刀箭铁骑,飒然浮空,如风号雨泣,鸟悲兽骇,亡国之恨顿生,檀板之声无色。"当时的著名文人吴伟业、周容等都给他写过传,孔尚任的《桃花扇》,张岱的《陶庵梦忆》,都对其为人和说书有形象生动的描述,可以参看。毛奇龄这首《赠柳生》,通过对柳敬亭晚年落拓形象的描写,表达了对他的同情,寄寓着对故明王朝的深切怀念。

前面两句,有如对面晤谈,娓娓道来,十分亲切,但其中却透露出人世沧桑的无限悲凉。"流落人间柳敬亭,消除豪气鬓星星","人间"即民间。前一句说柳敬亭在明亡之后,经过翻天覆地的大变化,从将军幕府流落到民间。这种地位的改变,高下悬殊,不仅是柳敬亭个人的悲哀,同时更是整个国家的不幸。因为明亡之后,故明国土全部沦于清军的铁蹄之下,遭受践踏和蹂躏,国家和个人有着同样的遭遇。次句对柳敬亭的形象作了具体描写:他双鬓斑白("星星"即斑白),当年的豪侠之气已经消磨殆尽。这句只淡淡两笔,就勾勒出一个经历磨难、颓然而衰的老者形象。这种精神上的改变,则从更深的层次上,暗寓了故明士大夫在亡国之后情绪上的衰落和内心的无尽悲痛。这两句各有侧重,从柳敬亭的地位和精神两个方面的对比中,流露出了江山易代之际,人们心境的无限伤感。但两句又一气贯注,读来自然流畅,诗意浑然。

如果说第一、二两句还比较含蓄，主要是通过暗示来表达故国之思的话，那么到第三、四句，作者就一任诗笔的奔放，较为显明而热烈地表示出对故国的深情眷念。两句仍然扣紧题目，从写柳敬亭着笔：“江南多少前朝事，说与人间不忍听。”因为柳敬亭以说书知名于世，故这里就讲他的说书。而且，他本人就是明清易代之际动乱历史的见证，他讲述的这些故事，与其说是说书，毋宁说是自道身世，是以历史见证人的身份，来诉说这段斑斑血泪的历史，唤起人们的民族精神。所以这是将人和书二者统一起来写。“江南”，指南明，北京陷落后，明朝残余力量先后在南方建立了福王弘光政权、唐王隆武政权、鲁王政权、唐王绍武政权、桂王永历政权、韩王定武政权，坚持抗清，直至最后失败。“前朝事”，即指这些政权的抗清事迹。句中“多少”二字，表现出抗清斗争的风起云涌，前仆后继，写来颇有自豪之意。柳敬亭出于满腔爱国之心，将这些前朝抗清之事编成故事，在茶房酒肆中说与普通民众听。这充满爱国热情的故事，深深地打动了听众的心，触发了无限沧桑之感，深沉的亡国之恨油然而生，简直不能忍心听下去。这一方面表明了柳敬亭说书的生动感人，是赠诗中对柳的称赞之语；另一方面也说明了人们对于故明的深深怀念，这是诗中要表达的主要思想。人们在对柳敬亭的尊敬、同情之中，感受到了一种强烈的黍离之悲。这是全诗的动人之处，也是核心所在。

杜甫曾有一首赠当时歌唱家李龟年的七绝《江南逢李龟年》：“岐王宅里寻常见，崔九堂前几度闻。正是江南好风景，落花时节又逢君。”在短短二十八字中，通过对一位歌唱家的描写，概括了四十年的时代沧桑，人生巨变。尽管诗中没有正面涉及时事、身世，但通过追忆感喟，十分深刻地表现了“安史之乱”给社会带来的深重灾难和人们心灵的创伤。孙洙评曰：“世道之治乱，华年之盛衰，彼此凄凉流落，俱在其中。”这首《赠柳生》，在命意上与其颇有异曲同工之妙，情韵上也有近似之处。两首对观，细加玩味，当能领会更深。

题闺秀雪仪画嫦娥便面

（明）◎ 刘献廷

刘献廷(1648—1695)，字继庄，一字君贤，号广阳子，河北大兴（今北京）人。博学多闻，对经学、天文、地理、农田水利均有研究。有《广阳诗集》。

素笺折叠涂云母，黛笔清新画月娥。莫道绣奁无粉本，朝朝镜里看双螺。

这是刘献廷为一位女孩子雪仪的扇面画所作的题咏，这幅扇面上画的是嫦娥奔月。《汉书·张敞传》注："便面，所以障面，盖扇之类也，不欲见人，以此自障面，则得其便，故曰便面，亦曰屏面。"这位女孩子能为自己的用具作画加以美化，当然是心灵手巧的，所以作者在这首诗里好好夸奖了她一下。

看来这位雪仪画的扇面不是团扇，而是折扇的扇面，所以诗中说"素笺折叠"。古人常用云母（一种透明晶状矿物）装饰屏风，称为云屏或云母屏（李商隐《嫦娥》"云母屏风烛影深"），而扇面又称"屏面"，故"涂云母"即画扇面。古代仕女画是用墨色勾勒轮廓线，然后着彩，属于工笔画。女孩子作画十分细心，画风自然以"清新"见长，而与粗犷奔放无缘。"黛笔清新"，是诗中对画的赞语，简明扼要。"月娥"就是嫦娥，她本是神话传说中后羿的妻子，奔月后独处广寒宫。画中人便是月宫嫦娥。

此诗的创意表现在后两句撇开对画面的描述和赞美，别出心裁地探讨"粉本"的问题。什么是"粉本"呢？清人方董《山静居画论》"画稿谓粉本者，古人于墨稿上加描粉本，用时扑入缣素，依粉痕落墨，故名之也"。可见"粉本"就是样本，其来源不外两途：一是依样画葫芦式的临摹；一是从现实生活中写生搜集素材，经过想象加工创作而成。看来雪仪画的嫦娥属于创作。嫦娥是神话人物，谁也没见过，她的形象只能根据人间女性的形象创作而成。而独处深闺的女孩到哪里去写生呢？诗人满有把握地揣测说："莫道绣奁无粉本，朝朝镜里看双螺。""双螺"是女孩子扎的发髻样式，原来画中人的模特儿就是女孩儿自己。

刘献廷这样写的直接用意也许不过是夸奖那位姑娘心灵手巧，而且美丽可爱，同时又暗示她已经长到能够理解月中嫦娥的寂寞心情的年岁，是一位妙龄少女。然而这两句诗，却远远超出了它的本来意义，参破了文艺创作上的一大天机。

题赵承旨画羊

（清）◎ 王士禛

三百群中见两头，依然秃笔扫骅骝。朅来清远吴兴地，忽忆苍茫敕勒秋？南渡铜驼犹恋洛，西归玉马已朝周。牧羝落尽苏卿节，五字河梁万古愁。

王士禛（1634—1711），字子真，一字贻上，号阮亭，又号渔洋山人，山东新城人。顺治十五年（1658）进士。历扬州府推官、礼部主事、刑部尚书。后因事革职。诗宗唐人，倡导神韵。著作甚富，名重一时。有《带经堂全集》。

这首诗是王士禛看了赵孟頫所作的《画羊》图后，有所感触而写的。赵孟頫（1254—1322），我国历史上著名的书画家，浙江湖洲吴兴县人，本为宋朝宗室后裔，但宋亡后却被元朝征召做了翰林学士承旨，因称赵承旨。他的仕元，引起了当时和以后不少士大夫知识分子的不满，并影响到对他的书画的评价。其实，他对于赵宋王朝并未忘情，时时通过图画有所表露。这首诗，就是通过叙写赵孟頫借画羊暗示不忘赵宋之情，表示了对画家的深刻理解，也含蓄地寄托了作者自己的故国之思。

这首诗的重要特点，在于采用层层推进的手法，使诗意步步深入，把画家通过画羊而隐含的故国之思，表达得曲折深婉而又浓郁感人。

首联按照一般题画诗的惯例，从图画本身写起，再现画面："三百群中见两头，依然秃笔扫骅骝。""三百群"是用《诗经·小雅·无羊》中"谁谓尔无羊，三百维群"之意，极言赵孟頫画羊之多，而这幅画中的两头却又显得格外突出("见"同"现"，突出之意)。这第一句就满含赞叹之意，虽然没有具体描写画面，但那两头羊的栩栩如生，已经尽在不言之中了。第二句接着称赞赵孟頫画羊的技法，简直就是杜甫在《题壁上韦偃画马歌》中所说的"戏拈秃笔扫骅骝(骏马)"，随便拿着一支别人已经不用的秃笔乘兴一扫，骏马就活现出来，全不费力，只如游戏，那技法真是达到了心手相应、炉火纯青的地步。诗中借用杜诗，也是在用唐代著名画家韦偃来比赵孟頫，可见推崇之高。句中"依然"二字，是说赵孟頫画这两头羊，仍然用的是画马的笔法，可见作者先就见过赵孟頫画的马，早已倾倒之至，而今重睹《画羊》图，又一次受到了强烈的艺术力量的感染，这在第一句的基础上又深入了一层。两句好像客观描写，只指出了羊的头数和笔法，而赞叹之意却溢于言外，诗人欣喜不已、拍案称绝的神志，也如在目前。

按照有的题画诗的写法，接着还要具体描写画中情景，然而作者却到此为止，透过一层，通过自己的联想，来追索当时画家的心情，以抒发感慨，寄寓沉痛的故国之思。"朅来清远吴兴地，忽忆苍茫敕勒秋"，"朅来"，即何来；"敕勒"指北朝乐府民歌《敕勒川歌》："敕勒川，阴山下，天似穹庐，笼盖四野。天苍苍，野茫茫，风吹草低见牛羊。"歌中唱出了塞外牛羊满地的游牧秋色。作者在认真审视图画，深入探求画家的创作意图时，忽然若有所悟地自语道："赵孟頫为什么在山水清远的南国之地吴兴，忽然想到要通过画羊来描写塞外的苍茫秋色呢？"两句表面是疑问，而内在的意思却是肯定的，也就是说，画家之所以要在南国画塞北的羊，

显然是别有寄托。接着第三联中，作者就进一步探索画家的寄托："南渡铜驼犹恋洛，西归玉马已朝周。"两句各用了一个典故。上一句"南渡铜驼"，据《晋书·石虎载记》，后赵君主石虎建都邺城，把洛阳的两只铜铸的骆驼移到了邺地。下一句"西归玉马"，据李善注《文选》，"玉马"是比喻贤臣——殷纣王宠信妲己，淫乱昏政，贤臣都逃到周地去了。这两句是用"铜驼"和"玉马"比赵孟頫，说他身虽仕元，而心却依然怀恋赵宋故国。这就含蓄地指出了作画的动机，看来画中深藏着政治含义。最后一联，作者再进一层，彻底揭示了画中蕴藏着沉痛的感情："牧羝落尽苏卿节，五字河梁万古愁。"句中用了《汉书·苏武传》的典故。苏武字子卿(即"苏卿")，汉武帝时为中郎将，出使匈奴被扣留，牧羊北海。单于叫他"牧羝"(公羊)，说等公羊生了小羊才让他回汉。苏武牧羊十九年，起卧都持汉节，以至于节毛都脱光了。至昭帝时，汉与匈奴和亲，苏武才得归。临行前，汉朝的降俘李陵为他送别，作五言体(即"五字")《与苏武诗》，有句道："携手上河梁，游子暮何之？"留下永久不尽的哀愁。这两句以苏、李作对比，赞扬苏武高尚的民族气节，言外之意是说，赵孟頫画羊，就是意在褒扬苏武坚贞不渝的高贵品质，从而流露出自己不忘赵宋，永怀故国之念。诗歌一步步推进，在环环紧扣中，使诗意显得十分婉曲深邃，在沉痛中含着悲愤，充满着深沉的感情。同时，最后以"牧羝落尽苏卿节"一句点出羊，与首句"三百群中见两头"的羊相照应，全篇显得结构完整，使诗情表达得婉曲含蓄而又充沛饱满，在委婉曲折中显得笔力千钧。这在王士禛的诗作中，也是不多见的。

整首诗用典较多，但没有獭祭之感和生硬晦涩之病，都比较贴切自然。通过用典，开拓了诗的境界，使笔墨不只停留在一张画上，而是地北天南，古往今来，纵横驰骋，大大丰富了诗意，加深了感情，使得全诗既不乏鲜明的形象，又具有深刻的思想。

红楼梦·凡例诗

脂砚斋，《红楼梦》批注者，余未详。

（清）◎ 脂砚斋

浮生着甚苦奔忙，盛席华筵终散场。悲喜千般同幻渺，古今一梦尽荒唐。漫言红袖啼痕重，更有情痴抱恨长。字字看来皆是血，十年辛苦不寻常。

此诗原附《红楼梦》甲戌本《凡例》之后，胡适认为该诗为曹雪芹自题，而陈毓罴、吴世昌、徐恭时皆反对胡适说，认为此诗是脂砚斋所作。

该诗着笔以“浮生着甚苦奔忙”领起。“浮生”，漂泊不定的人生。《庄子·刻意》：“其身若浮，其死若休。”李白《春夜宴从弟桃李园序》：“夫天地者万物之逆旅，光阴者百代之过客，而浮生若梦，为欢几何？古人秉烛夜游，良有以也。”人的一生本来就没有定准：荣辱相伴、得失不定、悲欢同在、起落无常，有如梦幻一般渺茫，为什么还要苦苦为之奔忙呢？纵然是“盛席华筵”，也终久有“散场”的时候。“古今一梦”四个字是说《红楼梦》乃天下第一写梦奇书，古往今来，未有出其右者。应当说，这是对《红楼梦》的最高评价。由此也可看出，《红楼梦》之《凡例》及这首诗确非曹雪芹所为。而“尽荒唐”三字则以反语出之。第三联“漫言红袖啼痕重，更有情痴抱恨长”是对全书内容的高度概括。最后一联“字字看来皆是血，十年辛苦不寻常”，则是全诗的点睛之笔。

《红楼梦》是中国封建社会的一面镜子，是一部伟大的现实主义著作。它取材于日常生活而反映的却是整个封建时代的大主题。作者以其丰富而广阔的社会内容、完整而曲折的故事情节、严谨而完美的艺术构思、鲜明而生动的人物塑造铸成了这部光芒四射的古典文学名著。

总之，真实是这部小说的生命之所在，也是一切艺术作品的生命之所在。正如恩格斯所说：“除了细节的真实之外，还要真实地再现典型环境中的典型性格。”《红楼梦》毫不逊色地达到了这一高度。“字字看来皆是血”，正是它真实地反映了整个封建社会的真实面貌，具有十分典型的社会意义，所以堪称“古今一梦”。

偶然作

（清）◎郑　燮

英雄何必读书史，直摅血性为文章。不仙不佛不贤圣，笔墨之外有主张。纵横议论析时事，如医疗疾进药方。名士之文深莽苍，胸罗万卷杂霸王。用之未必得实效，崇论闳议多慨慷。雕镌鱼鸟逐光景，风情亦足喜且狂。小儒之文何所长，抄经摘史饾饤强。玩其词华颇赫烁，寻其义味无毫芒。弟颂其师客谈说，居然拔帜登词场。初惊既鄙久萧索，身存气盛名先亡。辇碑刻石临大道，过者不读倚坏墙。呜呼文章自古通造化，息心下意毋躁忙。

郑燮（1693—1765），字克柔，号板桥，江苏兴化人。乾隆元年（1736）进士。历任山东范县、潍县知县。有政绩。后因赈济饥民而忤上司，以病乞归，寄居扬州。为画坛“扬州八怪”之一。有《郑板桥集》。

郑燮《偶然作》表达的是对于写诗作文的见解和主张。作者通过对“英雄”、“名士”、“小儒”的评价和对比，认为诗词文章应当抒发有益于国计民生的见解，反对那些不切实用的空论和玩弄辞藻式的寻章摘句。

倍受推崇的是他笔下的“英雄”，下笔便故作偏激语——“英雄何必读书史”——我想，其本意不是说“英雄”无须读书史，而是应不为“书史”所囿，强调的则是“直摅血性为文章”。“摅”，同抒；“血性”，犹本性，真实感情。“不仙不佛不贤圣”既是说不崇仙（道）、不崇佛、不崇圣贤（儒），也是说不为这些思想或派别所束缚，而是于“笔墨之外”有自己的“主张”。这种“主张”要能“纵横议论”、剖析“时事”，像医生治病一样能“进”足以匡时救弊的“药方”。

所谓“名士”之文，看起来是那么的“深莽苍”（深邃辽阔），其胸中似乎罗列着“万卷”书且杂以“王霸”（“霸王”，一般作“王霸”，指两种治国之术，前者指以仁义治天下，后者指凭借武力征服天下）之道，可是却“用之未必得实效，崇论闳议多慨慷”，其“慨慷”的“崇论闳议”却尽是些不切实用的空谈。除此而外，“名士”还有“雕镌鱼鸟逐光景，风情亦足喜且狂”的另一面。所谓“雕镌鱼鸟”，即雕琢、刻画、描摹一些赏花鸟、观池鱼的遣兴之作，“逐光景”则是流连光景的意思，这样自娱自乐，自以为“风情”十足而既“喜且狂”，殊不知“不能立功天地、字养生民”（《潍县署中与舍弟第五书》）的此等“俗事”，恰是板桥先生所最为鄙夷的。他在《与江宾谷江禹九书》中说：“所谓锦绣才子者，皆天下之废物也，而况未必锦绣者乎！”

至于“小儒”（浅薄的儒者），其文又“何所长”呢？在板桥先生看来，不过是“抄经摘史饾饤强”而已。“饾饤”，食品堆积貌，后常以形容诗文中的词藻堆砌。玩味这些寻章摘句的辞藻的表面光华，似乎颇为“赫烁”（光彩闪烁），仔细探寻其内蕴却“无毫芒”，即空洞无物。但这样的“小儒”，却往往“弟颂其师客谈说”（弟子吹捧其老师，门客到处游说宣扬），“居然”能够“拔帜登词场”（“拔帜”，独树一帜；“登词场”，在文坛上占有一席之地）。对于这种现象，板桥先生觉得最初令人惊异（“初惊”），接着令人鄙夷（“既鄙”），久而久之则能让人看到其衰败、冷落的“萧索”状况（“久萧索”），虽然“身存气盛”，实际上却早已“名先亡”，即使“辇碑刻石”（“辇碑”，用车子运载石碑）树立于“临大道”之处，“过者不读倚坏墙”——路过者恐怕是不会读的，只不过是把它看作一堵可以依靠歇息的坏墙而已。

在推崇、肯定“英雄”，批评、贬抑“名士”和“小儒”之后，作者慷慨地抒写出自己的感慨和见解：“呜呼文章自古通造化，息心下意毋躁忙。”“造化”，本指自然界的创造化育，这里指人的性情、天分与自然造化相通，文章乃人的性情、天分的自然反映，那么，为文者则须“息心下意”（静下心来、专心致志）而“毋躁忙”（不要急躁忙迫，意谓不要急于求成）。

题画竹

(清)◎郑 燮

四十年来画竹枝，日间挥写夜间思。冗繁削尽留清瘦，画到生时是熟时。

此诗见《郑板桥集·补遗·题画竹》，落款云："乾隆戊寅十月下浣，板桥郑燮画并题。"可知作于乾隆二十三年(1758)十月间，时年六十六岁。

从题诗所在画面上看，画的是三两竿"清瘦"的翠竹，旁立瘦石数尺。从题画诗的内容上看，不是绘景抒情明志，而是由画生感，以画为媒介，阐述自己一生从事绘画(以画竹为例)的某些经验总结和艺术理论。这种题画诗，基本上与画意无涉(指具体的画面)，而言及绘画理论，是题画诗的又一表现内容。它虽因画幅所限，不能作长篇大论，但透过这散金碎玉般的只言片语，也闪耀着某些艺术理论的光辉。

经验和理论来源于长时期的实践和总结。板桥一生，爱竹种竹，画竹颂竹。为了画好竹，掌握好竹子的形态、特点，他在自家茅屋南面种了许多竹子，以供观赏和揣摩。风和日丽之时，日光月影之中，窗纸粉壁之上，"一片竹影零乱"，非天然图画乎！每当烟光、日影、雾气在竹子的疏枝密叶之间浮动时，他"胸中勃勃遂有画意"。于是，"磨墨展纸，落笔倏作变相"，"浓淡疏密，短长肥瘦，随手写去，自尔成局，其神理具足也"。(以上见《题画·竹》)这说明他画竹，是如何从"眼中之竹"到"胸中之竹"，再到"手中之竹"的；也说明他十分注意向生活学习，师法自然，而又不跌进自然主义、形式主义的泥坑。不仅如此，他还注意向古人和同时代人学习，既博采百家之长，又不一概兼收并蓄，既避免走复古主义、教条主义的老路，又重在写意传神和创新。他画竹，学苏东坡、文与可；画兰竹，学郑所南，说自己"兰竹之妙，始于所南翁"(《补遗·题兰竹石》)；对徐青藤更是佩服，愿作"门下走狗"(板桥印文)，但"师其意不在迹象间"(《靳秋田素画》)；学石涛，"学一半，撇一半"，主张"十分学七要抛三，各有灵苗各自探"(《题画·兰》)；他钦佩八大山人，但仍以为"八大是八大，板桥亦是板桥"(《靳秋田索画》)，主张"自树其帜"(《与江昱、江恂书》)，坚持走自己的路，形成独特的风格。不仅如此，还注意把书法融入画中，认为书画相通："要知画法通书法，兰竹如同草隶然。"(《题兰竹》)他曾以画竹作比说：

“书法有行款，竹更要行款；书法有浓淡，竹更要浓淡；书法有疏密，竹更要疏密。”“以书之关纽，透入于画。”(《题画竹》)这就更具有独创精神。

这样，积“四十年来画竹枝”之实践经验(以一生计，板桥从事绘画达五十多年)，又加上“日间挥写夜间思”地不断探索、思考、总结，终于悟出自己的绘竹理论。

一曰“冗繁削尽留清瘦”，即由繁到简，“以少胜多”之法。他曾在《一枝竹十五片叶呈七太守》的画上题诗说：“敢以少少许，胜人多多许。”(《题画》)又在另一首题画竹诗中说：“一两三枝竹竿，四五六片竹叶。自然淡淡疏疏，何必重重叠叠？”(《补遗·题画竹》)提出这种精辟的见解，板桥是经历过一段艰苦的。他曾说：“始余画竹，能少而不能多；既而能多矣，又不能少；此层功力，最为难也。近六十外，始知减枝减叶之法。”(同上)可见一条重要的创作原则的提出，得来非易。“以少胜多”之秘诀，正是以最简练的笔墨表现最丰富的内容，是一种“以少总多”的高度艺术概括力的表现，也是绘画中处理艺术形象的“形”与“神”关系的辩证统一，即“形”要简，“神”要足，以最少的“形”表现最丰富的“神”，收到“一叶知秋”的奇效。当然，这种“少”不是越少越好，而是以艺术化的典型形象努力创造一种气氛，给人以广阔的想象空间，通过读者的联想和再创造，从而达到“以少胜多”的目的。繁则易、简则难，正如清人恽正叔在《南田论画》中所说：“愈简愈难。”而板桥“冗繁削尽留清瘦”正是他“以少胜多”理论的形象说法。

二曰“画到生时是熟时”，即由熟到生，以有“趣在法外”的创新精神为贵。这个“生”字，即由熟到生的“生”，是指有了坚实的基础，动笔之前，意在笔先，反复酝酿，刻意求精；从“熟”中求“生”，才是真“熟”。因此，这个“熟”字，是指技法纯熟到了炉火纯青的地步，达到了自出新意的艺术高峰，从“生”中求“熟”，才达到艺术的自由境界。板桥曾说：“郑板桥画竹，胸无成竹。”“胸中之竹，并不是眼中之竹。”“手中之竹又不是胸中之竹也。总之，意在笔先者，定则也；趣在法外者，化机也。”(《题画·竹》)而所谓“法”，他也曾解释说：“画竹之法，不贵拘泥成局，要在会心得神……不特为竹写神，亦为竹写生。瘦劲孤高，是其神也；豪迈凌云，是(其)生也；依于石而不囿于石，是其节也；落于色相而不滞于梗概，是其品也。竹其有知，必能谓余为解人；石也有灵，亦当为余首肯。”(《补遗·题画竹》)总之，“不泥古法，不执己见，唯在活而已矣”(同上)。故所作之画，乃“无古无今之画，原不在寻常眼孔中也。未画以前，不立一格，既画以后，不留一格”(《乱兰乱竹乱石与汪希林》)。这种不落俗套自出新意而能随心所至的画，才是上乘之作。由此可见板桥创作的严肃性和创新精神以及艺术技法的高度成熟。

板桥曾写过一副对联云：“删繁就简三秋树，领异标新二月花。”可看作此诗的注脚。

论诗

（清）◎赵　翼

作诗必此诗，定知非诗人。此言出东坡，意取象外神。羚羊眠挂角，天马奔绝尘。其实论过高，后学未易遵。诗文随世运，无日不趋新。古疏后渐密，不切者为陈。譬如泛驾马，将越而适秦。灞浐中南景，何与西湖春。又如写生手，貌施而昭君。琵琶春风面，何关苎萝颦。是知兴会超，亦赏肌理亲。吾试为短语，案翻老凿轮。作诗必此诗，乃是真诗人。

赵翼（1727—1814），字云松，一字云崧、耕松，号瓯北，江苏阳湖（今江苏常州）人。乾隆二十六年（1761）进士，授翰林院编修。官至贵西兵备道。后辞官归乡，主讲安定书院。精治史学，考订史实时称精赅。论诗主张独创，反对摹拟。诗与蒋士铨、袁枚齐名。有《瓯北诗文集》、《瓯北诗话》、《廿二史札记》、《陔余丛考》等名于世。

赵翼是清乾隆年间的著名诗人和诗论家。他于乾隆二十六年举一甲进士，一生著述颇丰，与袁枚、蒋士铨时称“三大家”。这首《论诗》诗就是他诗歌创作主张的充分展示。

“作诗必此诗，定知非诗人”引自苏轼《书鄢陵王主簿所画折枝》一诗。苏轼主张作诗应“取象外之神”，他认为按照固有的模式作诗并非“真诗人”。真正的诗人应当有自己的个性，如他论己之为文所说的：“如万斛泉源，不择地而出，在平地滔滔汩汩，虽一日千里无难。及其与山石曲折，随物赋形，不可知也。所可知者，常行于所当行，止于不可不止，如是而矣。”赵翼则认为苏轼之论有如羚羊挂角，无迹可求，又如天马行空，超尘绝世，“其论过高”，后学不易遵循。时代在不断前进，诗词创作也必须随着时代的进步而不断求新发展。作诗要依法度，言必切题，陈言务去。为诗之法，“古疏”而“今渐密”，如果不依法度，譬如泛驾之马，你要驰向南方（“越”）它偏奔向北方（“秦”），这就会出现南辕北辙的现象。如灞水、浐水和中南之景都在陕西，要与杭州西湖的春天相比较，谁最美丽动人？又如绘画写生，把西施画成昭君，虽均属美人，但与“画图省识春风面”、“千载琵琶作胡语”（杜甫《咏怀古迹》）的王昭君何干？由此赵翼得出“是知兴会超，亦赏肌理亲”和

“作诗必此诗，乃是真诗人”的结论。

关于“兴会”一说的含义，在邵雍的《谈诗吟》中笔者已作了详细解释，这里不再赘述。那么什么是“肌理”呢？肌理即皮肤上的纹路。杜甫《丽人行》：“态浓意远淑且真，肌理细腻骨肉匀。”显然，“肌理”在这里指的是外在美。赵翼则把它喻为作诗的“法度”。他认为作者有了淋漓的兴会，翻腾的诗潮，还必须遵循一定的“法度”。不遵“法度”便不好驾驭。苏轼是就个性而言，赵翼则是就共性而论。实则个性之中寓有共性。“随物赋形”是个性，而“常行于所当行，止于不可不止”则是“法度”，是“共性”。赵翼主张既重“兴会”（内在奔涌的诗情），又必须讲“肌理”（外在固有的形式）。两人之观点看似针锋相对，实则异中有同。我以为，苏、赵二人之观点都是正确的。譬之于水，总在河岸之内流淌为好，绝不能毫无管束地遍地乱流，不然，大禹为什么要疏河治水？但是“法度”绝不应成为束缚手足的镣铐，而只能是“后学者”学习谋篇布局和章法结构的必要形式而已。苏轼“如万斛泉源，不择地而出，在平地滔滔汩汩，虽一日千里无难。及其与山石曲折，随物赋形不可知也”，作为大家，这无疑也是正确的，“而初学，未入其门”或“刚入其门”的人就无法驾驭了。任其驰骋，非擅御者是收刹不住的。譬如驾绿野之马，是野性未纯者好，还是已纯之者佳？这要看御手工夫是否到家。御手高明，自然不会“南辕北辙”。“法无定法”，从“无法”（不懂法）而至“有法”（一定规律），再由“有法”而突破其“成法”，进入自由驰骋的天地，这应该是所有“后学”者“易遵”的普遍规律。

论诗绝句（五首录四）

（清）◎赵　翼

其　一

满眼生机转化钧，天工人巧日争新。预支五百年新意，到了千年又觉陈。

站在数千年华夏文明史的前哨和丰厚文化积淀的高山之巅来回顾历史，展望未来，主张创新，是赵翼论诗的闪光之处。

这是五首《论诗绝句》中的第一首。在这首诗中，赵翼入题便以大自然的“满眼生机”引起，展现了一派生机蓬勃的景象。冬去春来，草长莺飞，花开花落，生生不息——大自然总是在不断地变化着和发展着。这种现象有如工匠在“钧”上制作陶器，“钧”在不断地“转”，一件件精美的陶器便呈现在世人眼前。而每件制品又各具面目，绝不会重复逼似。从结构上看，首句为双起：即自然界的“满眼生机”和人的“转化钧”。第二句又为双承：即“天工”（自然的客观创造）承“满眼生机”，“人巧”（人的主观创造）承“转化钧”。“钧”为制陶用的圆形转轮，“化”在这里有精美绝伦之意。“满眼生机”是“天工”造化，精美的陶器则是“人巧”所为。“天工”与“人巧”，时时刻刻都在不断“争新”，不断变化，作诗岂不也一样？

三、四两句，作者以生动幽默的语言进一步说明“创新”的必要性和必然性：假若把五百年后的创新意识——“新意”，“预支”到而今目下，那么，再过“一千年”，并以“一千年”后的时代眼光来看“五百年”前所“预支”的“新意”，岂不一样觉得它“陈旧”了吗？

在前一首《论诗》诗中，赵翼已提出了“诗文随世运，无日不趋新”的创作主张。在《删改酒诗作》中他也说：“诗文无尽境，新者辄成旧。”作诗亦如制陶，不能墨守成规，应当随时而“转”，独出新意，各个时代有各个时代自身的特点，因此，各个时代也应有各个时代自己的诗作，这样才能写出个性，写出富有时代特点的新作。

古人论诗讲究“不著一字，尽得风流”（司空图《二十四品·含蓄》）。这首诗题为《论诗绝句》，却只字未提“诗”字。借他山之石而攻玉，用制陶工人所制的每一件陶器没有一件相同来暗示任何事物都在不断变化、不断创新，以此暗喻诗歌创作更不能例外。用明白晓畅的语言阐释深奥的道理，极尽含蓄之能事，正是这首诗的特点之所在。

其　二

李杜诗篇万口传，至今已觉不新鲜。江山代有才人出，各领风骚数百年。

前一首借制陶作比喻，第二首则是以中国诗歌宝塔顶上的灿烂明珠李白、杜甫为例来说明：创新是诗歌与一切艺术作品的前进动力和生命本源。

李白是盛唐时期伟大的浪漫主义诗人，杜甫是与李白同时代的伟大的现实主义诗人。他们的诗风，一清雄奔放，一沉郁顿挫，一直被后世视为千古不变之楷模。赵翼则认为：李白、杜甫的诗虽然震古烁今，技冠群芳，但是他们的作品只能反映彼时彼地的现实，而不能反映各个时代的社会面貌。各个时代有各个时代的社会现实，因此，纵然李、杜诗歌万口争传，千秋永耀，到了不断变化的后来时代，后人视此，自然觉得它"不新鲜"了。故而，赵翼认为，后之来者总不能永远在李白、杜甫经由的道路上踏步前进。学习不同于摹仿，学习李、杜而毫无变化，学得再好，也只是李杜复制和克隆，而不是自己。

当然，赵翼绝不是轻视和贬低李、杜。他是以历史发展的观点来看待文学创作的，其主旨是为了阐明如下一点：朝代在不断更替，文学作品也应不断创新发展。中国诗歌发展的历程就充分证明了这一点。正如近代学者王国维指出的："凡一代有一代之文学：楚之骚，汉之赋，六代之骈语，唐之诗，宋之词，元之曲，皆所谓一代之文学，而后世莫能继者也。"(《宋元戏曲史·自序》)王国维在这里说的"一代有一代文学"，正是说明时代在不断变迁，作为时代的鼓手和喉舌——文学作品，自然不能一成不变。但是，他说的前代之文学"后世莫能继"的观点却未必正确。文学是时代的产物，因此，他必须顺应时代的发展而不断创新、变化。各个时代都应有各自的"新鲜"产品出现，这是历史的需要和必然，是任何主张尊唐或宗宋者的主观愿望所不能改变的。

"江山代有才人出，各领风骚数百年"，每个时代都有自己的领军人物——尽管他们的作品不能、甚至远远不能赶上或超过李、杜的诗歌成就，但是，他们的作品却能真实地反映自己时代的社会现实，代表广大人民的心声。当然，如果能够出现赶上和超过李、杜诗歌成就的诗人，那自然是人们所希望和所期盼的。

以上两首诗都是采用的比喻手法，只不过前一首是借景托物作譬，而这一首则是借人作譬，角度不同而各有千秋。

其　三

支眼须凭自主张，纷纷艺苑漫雌黄。矮人看戏何曾见，都是随人说短长。

清代初年，沈德潜等打起复古主义的旗号，主张尊唐宗宋。如何学习前人和评价前人的作品，是这首诗的主旨所在。

首句"支眼"出自《景德传灯录》中普愿禅师语。宋人杨万里《送彭元忠》诗有"近来别具一支眼，要踏唐人最上关"之句，就是指的慧眼独具，不随流俗。赵翼告诫大家说：无论是学习前人或评判他作，都要有自己独到的眼光、独立的思考、独具的卓见。实际上在自己创作新的作品时，如何看待纷纭的世事和人间万象，这也需要眼光独到、见解独到，而不能独逞口舌、信口雌黄。赵翼接着用"矮人看戏"尖锐地讽刺了那些没有看见事物的本质，更没有独立的见解，却要人云亦云的人。

清人叶燮在《原诗》中有这样一段话很好地为赵翼这首诗作了注脚。他指出："有人曰，诗必学汉魏，学盛唐，彼亦曰学汉魏，学盛唐，从而然之；而学汉魏，学盛唐所以然之故，彼不能知，不能言也。即能效而言之，而终不能知也。又有人曰，诗必学晚唐，学宋学元，彼亦曰学晚唐，学宋学元，又从而然之；而学晚唐与宋、元所以然之故，彼又终不能知也。"这里，叶燮深刻地指出了刻板摹仿、不求甚至不懂变化的人的短处。赵翼在这首诗中所指的正是这种浅见薄识、随声附和的人。

在表现手法上，这首诗巧妙地运用了典故，借生动的比喻，形象地为读者展现了一幅幅画面，有余味无穷之妙。试想：由"支眼"一词你是否联想到木匠掉墨和射手鸣枪的场面？不用"支眼"能瞄准目标吗？再由"矮人看戏"，你是否联想到他在人丛中挤来挤去，找不到看点的尴尬态？然而，竟管他"矮"，也绝不会自甘其"矮"，在众人面前，他会装扮得高人一头以显示他什么都了然于眼、了然于胸，并指手画脚、说长道短。这其实正是文人的悲哀，是艺术的没落。

其　四

词客争新角短长，迭开风气递登场。自身已有初中晚，安得千秋尚汉唐？

诗歌到了元、明时代，掀起了一股摹唐泥古的潮流。明前七子提出“诗必盛唐”，后期的“公安”、“性灵”二派亦然。到了清代，诗人们总结了前代诗歌发展道路上走过的曲折道路和成败教训，诗坛上出现如钱谦益、黄遵宪、王夫之等反对墨守成规的大家。顾炎武、吴嘉纪、屈大均等，虽学杜（甫）而注重变化。吴伟业、宋琬、施闰章、王士禛诸家都是顺、康、乾时代有影响的诗人。他们争先恐后，在总结元、明诗歌失败教训的基础上写自己的诗，使清代诗风为之一变。但是复古的气氛仍然较浓。赵翼说的“词客争新角短长，迭开风气递登场”，就是针对当时诗坛的现状而言的。赵翼认为，譬如一个人，你“自身已有初中晚”（即青年、中年、晚年）之分，哪能够千秋以后还崇尚“汉唐”呢？

赵翼的立足点和观察点是正确的。以诗歌发展的时代脉络而论，各个时期都有初、中、晚之分，如唐朝在文学史上就分初唐、盛唐、中唐、晚唐四个时期。就每个人而论，各人本身也有少年、青年、中年、晚年之别，且随着时代的前进、年龄的变化，人的思想认识都会不断发生变化，那么，作为反映时代脉搏跳动的诗歌，怎么能不发生变化呢？以李白而论，他的诗总体风格如他自己所说，是“清雄奔放”，而早年清新健朗，但带有一定摹仿痕迹；中年雄奇豪迈、飘逸自然而臻于化境；晚年安史之乱后则于雄奇豪迈中融入了更多的悲壮色彩。又如白居易的诗，早年和中年时期与元稹一道推行“新乐府”运动，暴露深刻，讽喻大胆，充分显示了他的爱国爱民的政治热情。但是在几经碰壁之后，磨光了棱角，便由早年的“讽喻诗”、“伤感诗”一变而为“闲适诗”。就有清一代的诗人而论，他们为了避免文字狱的灾祸，在诗歌创作上，尤其是内容上是绝不敢越雷池一步的。即使有，那手法也是十分隐蔽的。由此可见，诗风是随着时代和个人遭遇之变而变的。无论唐诗、宋词多好，也不能反映清代的社会现实，更不能反映今天的社会现实。

总之，“新鲜”的含义就是指诗词必须具备鲜明的时代特色。创新和超越，是时代的要求，更是文学发展的必然趋势。赵翼的主张无疑是正确的。

题元遗山集

（清）◎赵　翼

身阅兴亡浩劫空，两朝文献一衰翁。无官未害餐周粟，有史深愁失楚弓。行殿幽兰悲夜火，故都乔木泣秋风。国家不幸诗家幸，赋到沧桑句便工。

此诗是读元好问《遗山集》后的兴感之作，所以格调和遣词上也受到元氏的某些影响。

"身阅兴亡浩劫空"二句概括地写出元好问所处金元易代的时代背景和他在保存文献上的功绩。元好问是"代王言"的近臣，他亲眼看到了哀宗自缢、国破家亡的惨祸。这场浩劫使金朝的皇家图籍档案毁于一炬。元遗山痛感保存史料是史官的职责，因此才忍辱含垢地活下来，凭着记忆和采访，写下了《壬辰杂编》等著作，为后人编《金史》提供了很多宝贵的资料。金朝文献，尤其是元氏身历的宣、哀两朝的群臣言行，赖遗山的著述而得以为后世所知，所以作者予以极高的评价。

"无官未害餐周粟"二句，进一步为遗山的行为辩护。对于这一联的构思，《瓯北诗话》有一段作出了很好的说明："于是构野史亭于家，凡君臣事迹，采访不遗，至百余万言。所著《壬辰杂编》等书，为后来修《金史》者张本，其心可谓忠且勤矣！中崔立功德碑一事，不免为人訾议；然始终不仕蒙古，则确有明据，故郝经所撰墓志及《金史》本传，皆云'金亡不仕'，是可谓完节矣。乃李治、徐世隆二序，俱以其早死不得见用于元世祖为可惜，此真无识之论也。设使遗山后死数年，见用于中统、至元中，亦不过入翰林、知制诰，号称'内相'而已，岂若'金亡不仕'四字，垂之史册哉！余尝题其集云：'无官未害餐周粟，有史深愁失楚弓。'颇道着遗山心事矣。”这确实反映了作者的进步历史观。不做元朝的官，已经不玷名节了，又何必效伯夷叔齐的愚忠，为不食周粟而饿死呢？何况遗山的苟活，是生怕“楚弓”——金朝的文献失散，那么他的活难道比殉节这种无谓的死逊色么？这种观点，其实是对二程以来“饿死事小，失节事大”理论的痛斥。

“行殿幽兰悲夜火”二句补叙“浩劫”，一悲一泣，写尽元遗山的创巨痛深。上句描绘了幽兰夜火这一标志金亡的画面。天兴三年（1234），宋和蒙古对蔡州（今河南汝南）南北合围，城破，哀宗自缢于幽兰轩，旋为部下火葬。元氏即有“幽兰轩之火光红”（《汴京杂诗》）的沉痛诗句，可见这幕悲剧在遗山是刻骨铭心的。下句则用社稷坛边的大树在秋风中哀泣它的凋零，想象遗山对故国的眷恋。金朝自太祖完颜阿骨打定鼎会宁（今黑龙江阿城南）至蔡州国亡，历一百二十年。立国时种植的树木当已参天了，但它们已为敌国所有，树若有知，一定在泣诉它的不幸呢。这句脱胎于遗山“故国他年怀乔木”（《壬辰十二月车驾东狩后即事五首）一句，但由于寓情于景，显然比原句要更胜一筹。

“国家不幸诗家幸”二句是全诗主题句，结穴到《元遗山集》上，对元氏的诗歌创作给予高度评价。在作者看来，国家的沦丧虽是大不幸，但对爱国诗人来说却正相反，原因是他的心灵在经受激烈的撞击后，必能迸发出耀眼的火花。因此这富有真情实感的诗篇也必然具有诗史的价值。沧桑的变故，反而成就了诗家的名声，这岂非大幸？《瓯北诗话》云：“盖生长云、朔，其天禀本多豪健英杰之气，又值金源亡国，以宗社丘墟之感，发为慷慨悲歌，有不求而工者，此因地为之也，时为之也！”又云：“此等感时触事，声泪俱下，千载后犹使读者低徊不能置，盖事关家国，尤易感人。”皆可为此联注脚。

说诗八首(录二)

(清)◎宋　湘

宋湘(1748—1826),字焕襄,一字芷湾。嘉应州(今属广东)人。嘉庆四年(1799)进士,授翰林院庶吉士、编修。出任贵州乡试正考官。迁云南曲靖康知府。道光五年充湖北督粮道,第二年卒于任上。有《不易斋集》等。

其　一

三百诗人岂有师,都成绝唱沁心脾。今人不讲源头水,只问支流派是谁。

“三百”指《诗经》。《诗经》全书共三百零五篇,后人为取其整数,故称之为“诗三百篇”或“诗三百”。

宋湘在这首诗中劈头便以反诘领起:《诗经》里的作者哪里有什么老师?接着便是自答:他们的作品都成了“沁心脾”的人间“绝唱”。三、四句连转带收说:今天的诗人们不去寻找水的源头来自何处,却偏要去寻找“支流”,问它是哪宗哪派,这岂不是本末倒置?

什么是诗的“源头水”?“源头水”即“源泉”,也就是生活。丢掉了生活就丢掉了根本,忘却了老祖宗。“诗三百篇”的作者并没有进过什么正规学校,没有人教他们,但是他们以生活为“师”,以造化为“师”,其作品充满了浓烈的生活气息,故能成为万世楷模,所以历代诗人把“诗三百篇”誉之为“正宗”,原因正在于此。

是哪宗哪派,不抓主流,却问支流,从细枝末节上去寻出路、找技巧,是永远也成不了真正的诗人的。

其　六

池塘春草妙难寻，泥落空梁苦用心。若比大江流日夜，哀丝豪竹在知音。

“池塘生春草，园柳变鸣禽”、“暗牖悬蛛网，空梁落燕泥”、“大江流日夜，客心悲未央”等，都是中国诗歌史上最负盛名的诗句。前两句出自南朝宋代诗人谢灵运的《登池上楼》，中二句出自隋朝诗人薛道衡的《昔昔盐》，而后两句则出自南齐诗人谢朓《暂使下都夜发新林至京邑赠西府同僚》。谢灵运的“池塘生春草，园柳变鸣禽”为历代诗人所激赏，被誉为“初发芙蓉”（《南史》引鲍照语）。李白主张“清水出芙蓉，天然去雕饰”，其中心要义就是求其自然。“池塘生春草，园柳变鸣禽”两句诗的最高审美价值，正是它的天然朴实，不加雕饰。多年来我在读诗和写诗的同时，也在思考谢灵运这两句诗的奥妙，然而始终没有悟透。后来读南宋姜白石的《白石道人说诗》，彼云：“非奇非怪，剥落文采，知其妙而不知其所以妙，曰自然高妙。”这样，才渐渐领悟到此二句诗的奥妙之所在。

薛道衡《昔昔盐》中的“暗牖悬蛛网，空梁落燕泥”，写荒凉破败之景如在目前，属“妙手偶得之”语，亦为历代诗人所称道。但以上二人所写皆生活小景，而谢朓的“大江流日夜，客心悲未央”，被林东海先生评为：“发端之妙，决不止于将孔某人（孔子）的话（子在川上曰：“逝者如斯夫！”）熔铸成气势磅礴、震烁古今的五个字，也不以善于用典著称，它的主要妙处乃在于所描写的实景中融进了诗人的感情。这句诗境界阔大，情思浩荡，堪称绝唱。”从结构上看，这开篇两句有笼罩全篇之妙。宋湘认为，谢灵运与薛道衡之诗，虽然都是千古名句，但是和谢朓的“大江流日夜”比，他们都属“妙手偶得”之寻常实景、小景，不如“大江流日夜，客心悲未央”二句写景之苍茫壮丽，寄情之深厚浓烈。譬之于“哀丝豪竹”，前者轻灵小巧，如琴丝之哀怨；后者情豪景壮，似竹笛之清雄。关键在于欣赏者是否“知音”，其认识角度如何而定了。

己亥杂诗(录二)

(清)◎ 龚自珍

陶潜诗喜说荆轲,想见停云发浩歌。吟到恩仇心事涌,江湖侠骨恐无多。

陶潜酷似卧龙豪,万古浔阳松菊高。莫信诗人竟平淡,二分梁甫一分骚。

龚自珍(1792—1841),一名巩祚,字璱人,号定庵,浙江仁和(今杭州)人。道光九年(1829)进士。历官内阁中书、宗人府主事、礼部主事、主客司主事等职。年四十八辞官南归。五十岁卒于丹阳云阳书院。有《龚定庵全集》。

龚自珍《己亥杂诗》有"舟中读陶诗三首",这是选前二首。两首诗有一脉相通处,就是不同于通常视陶渊明为"千古隐逸之宗",认为陶诗并非一味静穆平淡,并特别标举陶渊明及其诗的豪放与不平的一面。这自有卓见。不过在龚自珍前朱熹已有类似见解:"陶渊明诗,人皆说是平淡,据某看,他自豪放,但豪放来得不觉耳。其露出本相者,是《咏荆轲》一篇,平淡的人,如何说得这样语言出来。"(《清邃阁论诗》)对照一下,可以认为龚自珍这两首诗就是祖述或发挥朱熹之真知灼见的。但出以诗的形式,便别有意味。这两首诗的差别则在第一首诗专论陶潜《咏荆轲》,第二首诗则概论渊明其人其诗。从特例到一般,可以相互补充。

"陶潜诗喜说荆轲"或被解为"淘潜在诗中喜欢提到荆轲"。但陶潜只有一首《咏荆轲》的诗,别的诗中并没有提到荆轲。即使把《读山海经》的精卫、刑天之什加上,他的金刚怒目式作品为数也不多,似乎就不能说是"喜说荆轲"了。其实,只要不用习惯的文法解诗,这句的意思本来是清楚的,那就是:"在陶潜诗中我特别喜欢《咏荆轲》这一首。"从而接下去又说:"我甚至能够想象他高歌遏云的慷慨激昂的样子。""想见停云发浩歌"这句借用陶潜《停云》诗的篇名字面,形容浩歌激烈的程度。按《停云》系四言诗,序云"思亲友也",其本身并非"浩歌"。从下文"恩仇"、"侠骨"等说法看,此诗是专为

《咏荆轲》而发，不得阑入内容迥乎不同的他作。三、四句是作者继续想象陶潜作完《咏荆轲》高声吟诵时的内心活动："吟到恩仇心事涌，江湖侠骨恐无多。"荆轲刺秦王是为了遏止秦的扩张侵略行径和报答燕太子丹的知遇之恩，故云"吟到恩仇"。作者认为陶潜咏荆轲不是发思古之幽情，而是借古人酒杯浇自己块垒，故又云"心事涌"。其所以如此，是因为当时像荆轲一样行侠仗义的人怕已不多了。"江湖侠骨恐无多"的"恐"，与前文"想见"呼应，仍是揣想的语气。此诗从头至尾，全是想象陶潜写作《咏荆轲》时的神气和心情，栩栩如生地塑造了一个鲜为人知的、刚肠疾恶的陶潜形象。它不仅指出《咏荆轲》是豪放之作（"浩歌"），而且探讨了它的创作动机，故较朱熹的论断又进了一步。

第二首劈头一句就是"陶潜酷似卧龙豪"，不但指出了渊明骨子里那个"豪"字，而且将他和诸葛亮相提并论。注意这里只说"卧龙"不说"孔明"，是很有分寸的。因为陶潜毕竟不曾在政治上有所建树，所以他只能比拟为高卧隆中时的诸葛亮。这句原注："语意本辛弃疾。"盖辛词《贺新凉》就云："把酒长亭说。看渊明、风流酷似，卧龙诸葛。"作者同意并化用了这一说法。陶渊明酷爱菊花，松、菊等形象在陶诗中亦屡见不鲜。它们都有傲霜耐寒的特性，故成高洁坚贞的象征。诗人就用"万古浔阳（今九江）松菊高"来比喻陶潜其人的高尚品格。从钟嵘《诗品》以陶潜为古今隐逸诗人之宗以来，历来论陶诗，统称其平淡。如葛立方《韵语阳秋》、蔡宽夫《西清诗话》等皆是。作者都以"莫信"二字一概抹倒，认为如将陶诗三分，则有二分近于《梁甫吟》，一分近于《离骚》。《三国志》载诸葛亮"躬耕陇亩，好为梁甫吟"，《梁甫吟》本古乐府楚调曲名，内容多感慨世事之作。《离骚》则是屈原的杰作。二句意谓陶潜也是有政治抱负、热爱祖国、感情激烈的诗人，不能认为他浑身静穆或平淡。这种陶潜观较之朱熹又有深化。后来鲁迅先生说，即以陶诗而论，"除论客所佩服的'悠然见南山'之外，也还有'精卫衔微木，将以填沧海。刑天舞干戚，猛志固常在'之类的'金刚怒目'式，在证明着他并非整天整夜地飘飘然。这'猛志固常在'和'悠然见南山'的是一个人，倘有取舍，即非完人，再加抑扬，更离真实"（《题未定草》六》）。这样评价陶潜，自然更加全面。

论诗示诸生时代者将至

（清）◎郑　珍

我诚不能诗，而颇知诗意。言必是我言，字是古人字。固宜多读书，尤贵养其气。气正斯有我，学赡乃相济。李杜与王孟，才分各有似。羊质而虎皮，虽巧肖仍伪。从来立言人，绝非随俗士。君看入品花，枝干必先异。又看蜂酿蜜，万蕊同一味。文质诚彬彬，作诗固余事。人才古难得，自惜勿中弃。我衰复多病，骯髒不宜世。归去异山川，何时见君辈。念至思我言，有得且常寄。

郑珍（1806—1864），字子尹，晚号柴翁。贵州道义人。道光十七年（1837）举人。官至荔波县训导。有《巢经室诗钞》。

这是郑珍卸任贵州古州厅（今榕江县）训导兼榕城书院山长时留别学生的一首五言诗，意在向学生传授自己的诗学心得和见解，并给予学生以劝勉和鼓励，表达其依依的惜别之情。

有“西南巨儒”之称的郑珍是近代著名的经学大师，同时也是著名的诗人。其诗作被晚清“同光体”诗家推崇为“宗祖”，被钱仲联先生评为“清诗第一”。他在这首论诗诗中，开篇即道“我诚不能诗，而颇知诗意”，一边说“诚不能诗”，一边又说“颇知诗意”，看似有些矛盾，其实却是一种表达的艺术——在谦逊中显示出一种极度的自信，也极自然地切入“论诗”的正题，直截了当地阐述自己的诗学见解。

“言必是我言，字是古人字”——他首先强调诗人作诗应该有自己独到的思想内蕴和独特的艺术风格，“字”是古人用的字，也可以说是尽人皆能用的字，写出来的“言”却应是具有独特个性的、既非古人也非其他任何人的“我”自己的“言”。而要达到这种造诣和境界，则重在学问（“固宜多读书”）和道德（“尤贵养其气”）的养成。“多读书”自能广学，“养其气”则能涵养个人的德行、品格乃至意志

(孟子所谓“我善养吾浩然之气”,即此之谓)。于是,“气正斯有我,学赡乃相济”——道德养成是形成个人观察、认识、感受和表现事物的独特个性的基础,渊博的学识才能予“气正斯有我”以很好的支撑和配合。接着,具体地以“李”(白)、“杜”(甫)、“王”(维)、“孟”(浩然)为例来说明这个问题,他们都算是第一流的诗人,可“才分各有似”——才分却各有所类,也就是说他们的诗歌无论是反映的社会内容、思想情感,还是语言、意境的风格,都各有不同的特点,这应该是他们在“读书”和“养气”上的个性差异所决定了的。下面,进而强调“读书”、“养气”都得真真切切地落在实处,“羊质而虎皮”,即使装饰得再巧妙,终归掩饰不了作伪的形迹。也正是因为“从来”的“立言人”都经过了切实的“读书”和“养气”的磨炼,故而都绝不同于那些“随俗”之“士”——这里还是强调与众不同的独特个性。接着,以“君看入品花,枝干必先异”来比喻“立言人”绝非“随俗士”——就好像那“入品”的“花”,即使未开花之前,它的“枝干”也一定先表现出与普通花木的不同;又以“又看蜂酿蜜,万蕊同一味”来比喻“立言人”虽各有自己的个性和风格,但就“读书”和“养气”这二者而言,却是一致的——就好像那蜜蜂酿蜜,虽然采自千万株不同的花蕊,酿出蜜的味道却是一样的。

在传授了自己的诗学主旨后,他最后给予学生们以勉励,寄予学生们以期望,并表达自己难以割舍的离别之情。“文质诚彬彬”——“彬彬”为文质相半之意,形容文质兼备、文质俱佳——这是“诸生”们学诗须通过“读书”和“养气”所要达到的修养的目标,但“作诗”毕竟是经世济民之学、经世济民之事业而外的“余事”,作为在座的“诸生”,将来都是国家的栋梁之材,“人才古难得”,都应该“自惜”而勿中道废弃学业。再联想到自己“衰复多病”,又生性“骯髒”(高亢刚直、不屈不阿之意)而不合于世,看来是不可能有多大作为了,希望只好寄托在即将离别的眼前的这些生气勃勃的学生身上。一旦离别归去,将是山川相异,不知何时再能相见。只希望学生们想到我时,多想想我说过的话,无论有什么收获,都写信让我知道,或许是对我的最大的慰藉。

杂感

(清)◎ 黄遵宪

大块凿混沌，浑浑旋大圜。隶首不能算，知有几万年。羲轩造书契，今如岁五千。以我视古人，若居三代先。俗儒好尊古，日日故纸研。六经字所无，不敢入诗篇。古人弃糟粕，见之口流涎。沿习甘剽盗，妄造丛罪愆。黄土同抟人，今古何愚贤。即今忽已古，断自何代前。明窗敞流离，高炉爇香烟。左陈端溪砚，右列薛涛笺。我手写我口，古岂能拘牵。即今流俗语，我若登简编。五千年后人，惊为古斓斑。

黄遵宪(1848—1905)，字公度。广东嘉应州（今梅县）人。光绪二年举人。历任日、英、美、新加坡等国外交官。官至河南按察使。参加戊戌变法，失败后免去官职。有《人境庐诗草》、《日本杂事诗》等。

杂感、杂兴一类的诗题，古人常用。例如杜甫的《秋兴》八首，龚自珍的《己亥杂诗》三百一十五首，实际也是一种杂感。此种诗可以是多首，可以是古体，也可以是近体，题材不拘，主题不一，大抵即兴感怀，因事而发，一般都与作者接触的现实联系紧密，较鲜明地反映作者的思想倾向。本诗作于同治七年(1868)，为五首之一。

这是一首五言古体诗，语言明白易晓，主题鲜明突出，通篇贯穿着对盲目崇古的批判，并阐明自己的“我手写我口”的诗歌创作观点。古体诗受格律声调的限制较小，相对地比较自由，一般可以写得较长。这样，它就不得不注重层次和章法，否则就会含混不清，黏连一片。本诗按作者思路，似可分为四个小段。首段“大块凿混沌”至“若居三代先”，表明作者作为维新派知识分子，已具有初步的自然科学知识和新的时空观。此段提出宇宙原始状态和地球生成问题，一下子突破了人们旧的时间观念，展开了新的视野。“大块”旧释为“地”，“大圜”旧释为“天”。这里，作者给予新的解释。“大块”即物质的宇宙，“混沌”是它的原始状态。自从这种状态被凿开以后，才产生了庞大的、不停旋转着的大圜地球。这个过程究竟经历了多少时间，"隶首"也算不清，谁知道有几万年或几亿万年。但是"羲轩造书契"，迄今不过五千年，那么什么才算是"古"？今人视今人以为是今，后人视今人又成了三代以上之"古"。可见在时间的长河中，古今是相对的，很难给予绝对的界限。此段对"盲目崇古论者"的批判，立足于科学认识的基础上，在作者那个时代，确实是一种新思想，显得立论高远，眼界开阔。这就成为全诗的基本思想和结构上的出发点。次段"俗儒好尊古"至"妄造丛罪愆"，指出俗儒盲目"尊古"，必然泥古。他们在诗歌创作上，对古人亦步亦趋，不敢稍有逾越，把古人的糟粕当作精华，甚至甘愿剽窃，而对在诗歌的内容与形式上敢于革新者，则斥为盲造，横加指责。第三段"黄土同抟人"至"断自何代前"，对"崇古论者"进一步加以批评。作者借用女娲抟黄土作人的神话说明：人的愚贤，不应以古今来区分，历史不断发展，古今很难截然割断。末段正面阐明作者自己的诗歌创作观点："我手写我口，古岂能拘牵。"不避流俗语，不避新名词，感事而发，直抒胸臆。作者风趣地说，按照自己这种观点来进行诗歌创作，当然会被"崇古论者"斥为"流俗之语"，但是五千年以后，也许又会被人们惊为色彩斑斓的古代珍品呢！

此诗以论诗为内容，可以说就是一篇诗论。然而不枯燥，不生涩，无说理气，相反倒使人感到诗味很浓，关键在作者能寓理于某种真实的情境。语言通俗流畅，生动简练，诗中表达了新的思想内容，但又能恰当地运用旧的格律声腔，而且诗中随处漾动着一种幽默和风趣。这一切都增加了诗情和诗味，做到通俗而不浅陋，流畅而不轻滑。应该说，此诗在某种程度上，不仅表达了作者的诗论，而且也表现了他的诗风。作者是同光间的维新派诗人，政治上主张资产阶级的改良主义，反映在诗歌上也带有浓厚的改良色彩，从而形成一种不同于旧体的新派诗。这种诗基本上不突破旧体的框架和格律，然而表现了当时十分突出的新内容、新思想、新的格调气派和爱国激情。它与政治上的改良运动配合，对社会产生了很大的影响。新派诗人以黄遵宪、康有为、梁启超为代表，提倡"诗界革命"。所谓"革命"实质上只是一种改良，但从社会发展和诗歌发展的角度看，它仍然是有积极的进步意义的。与此同时，陈三立、陈衍等人，力主宋诗，刻意求新。但他们的"新"，实际上仍是一种旧体。他们称为"同光体"的诗，并无任何时代特色，较之旧体，某些地方似乎更为空虚晦涩。所以"同光体"这个提法如果能成立的话，把它用来称呼黄遵宪等人提倡和创作的新派诗，也许更恰当些。

与菽园论诗兼寄任公、孺博、曼宣

(清)◎ 康有为

一代才人孰绣丝,万千作者亿千诗。吟风弄月各自得,覆酱烧薪空尔悲。正始如闻本风雅,丽葩无奈祖骚词。汉唐格律周人意,悱恻雄奇亦可思。

新世瑰奇异境生,更搜欧亚造新声。深山大泽龙蛇起,瀛海九州云物惊。四圣崆峒迷大道,万灵风雨集明廷。华严帝网重重现,广乐钧天窃窃听。

意境几于无李杜,目中何处着元明?飞腾作势风云起,奇变见犹神鬼惊。扫除近代新诗话,惝恍诸天闻乐声。兹事混茫与微妙,感人千载妙音生。

康有为(1858—1927),原名祖诒,字广厦,号长素,又号更生,又号西樵山人。广东南海人。近代改良派领袖。后为保皇会首领。光绪二十年(1894)进士,授工部主事。甲午战争后,曾联合赴京会试举人一千三百余人"公车上书",要求维新变法,受到慈禧太后镇压,逃往海外,组织保皇会。主张君主立宪,反对民主革命。辛亥革命后,以遗老自居,死于青岛。有《大同书》、《南海诗集》、《新学伪经考》等。

康有为的这三首诗,比较集中地反映了发生于戊戌变法前后的"诗界革命"文学运动的诗歌创作主张。菽园即邱菽园,康有为的友人,曾参加戊戌变法,后为同盟会早期会员;任公、孺博、曼宣分别为梁启超、麦孟华和麦仲华,均为康有为的弟子,参与变法的核心人物,其中麦仲华还是康有为的女婿。在这三首诗中,康有为表达了继承《诗经》、《楚辞》传统,博采欧亚外国之长,以反映新世界的新生活,从而创造出崭新的意境、崭新的风格这样一种诗歌革新的主张。

第一首诗在批判当代众多诗人(暗指风靡诗坛的"同光体"诗人)"吟风弄月"、与现实隔绝的陈腐诗风的同时,主张诗歌创作应当在继承传统的基础上有所创新。作者认为,那些往往被称之为"一代才人"的"万千作者"创作颇丰,应该有“亿千诗”了吧？然而，又有谁能称之为被人推崇和尊敬的“绣丝”呢？“绣丝”语出唐代诗人李贺《浩歌》：“买丝绣作平原君，有酒唯浇赵州土。”——买丝绣像，表示对其人的崇敬。这些人尽管“吟风弄月”而十分自得，可那些作品有流传后世的价值吗？最终落得个“覆酱烧薪”（覆酱瓿，当柴烧），也只好空自悲伤罢了。笔锋一转，作者强调了继承传统的重要性——魏晋时期以嵇康、阮籍为代表的“正始体”诗人之所以闪烁着光照后代的光辉，正是直接继承了《诗经》的传统，若只追求华丽的辞藻，那是很难与以《离骚》为代表的楚辞一脉相承的。在继承的基础上有所创新，比如说以汉、唐时期的格律表达周代诗歌重视国政民生的思想内容，从而形成一种“悱恻雄奇”的新的艺术风格来，这是值得深思的呀！

第二首强调诗歌创作应反映“瑰奇”的新世界之新的“异境”，博采、吸取欧亚各国之精华，从而创造出新的诗歌来。“深山大泽”喻新世界新的社会生活所产生的“异境”，“龙蛇起”则比喻各种新事物的产生，而这种新的诗歌一旦表现了“深山大泽”之“龙蛇起”，则足以使得“瀛海九州云物惊”了。但是，在“造新声”、也就是创造新诗歌的过程中也会历经艰难苦辛的探索，故以“四圣”“迷大道”来比喻这种艰难苦辛的探索过程。“四圣”，当指颛顼、帝喾、帝尧、帝舜；“崆峒”，山名，在今甘肃平凉市西，相传是黄帝问道于广成子的地方。“至道”即这里的“大道”，代指革新诗歌创作之道。尽管在这种艰辛的探索过程中会暂时“迷”于“大道”，但终会有“万灵风雨”“集”于“明廷”之时。“万灵”，万神、各种神灵；“明廷”，即甘泉山，在陕西省淳化县西北，古代帝王祭祀神灵的地方。一旦寻得革新诗歌的大道，则会感召“万灵”而“集”“风雨”于“明廷”。所谓“万灵风雨”，即杜甫“诗成泣鬼神”之意。这时，新意境、新风格的诗歌则将达到如“华严”（佛教华严宗所说的大乘境界，这里喻诗境）一般的最高境界而像“帝网”（佛教谓帝释所居忉利天宫上悬有珠网，上缀宝珠无数，重重叠叠，交相辉映，这里喻诗境的无穷无尽）一样的无穷无尽，天上的仙乐（“广乐钧天”）便会轻和柔美地传遍人间……

第三首再进一步强调新诗歌要超越历史、超越时代，既要创造出前人没有的意境、风格，也要在千秋万代后还能感染读者而广为传诵。李白和杜甫是古代诗歌的高峰，然而今天我们却要超越他们，新诗歌的意境几乎没有“李杜”了，更不要说那些跟在唐人后面亦步亦趋的元、明诗人了。新的诗歌将“飞腾作势”如风云蔚起，其奇妙变幻将惊天地而泣鬼神。这样，也就彻底扫除了近代诗坛的腐朽因陈之风而使诗歌面目一新，“惝恍”（恍惚迷离）之中让仙乐之声遍于“诸天”（佛教名词，这里泛指宇宙空间）。“兹事”（革新诗歌之道）虽然“混茫”（混沌蒙昧，意谓人类的诗歌创作如天籁发生于远古的未开化时期）而“微妙”（精微玄妙而难以捉摸），但终会有超越历史、超越时代的“感人千载”的“妙音”产生。